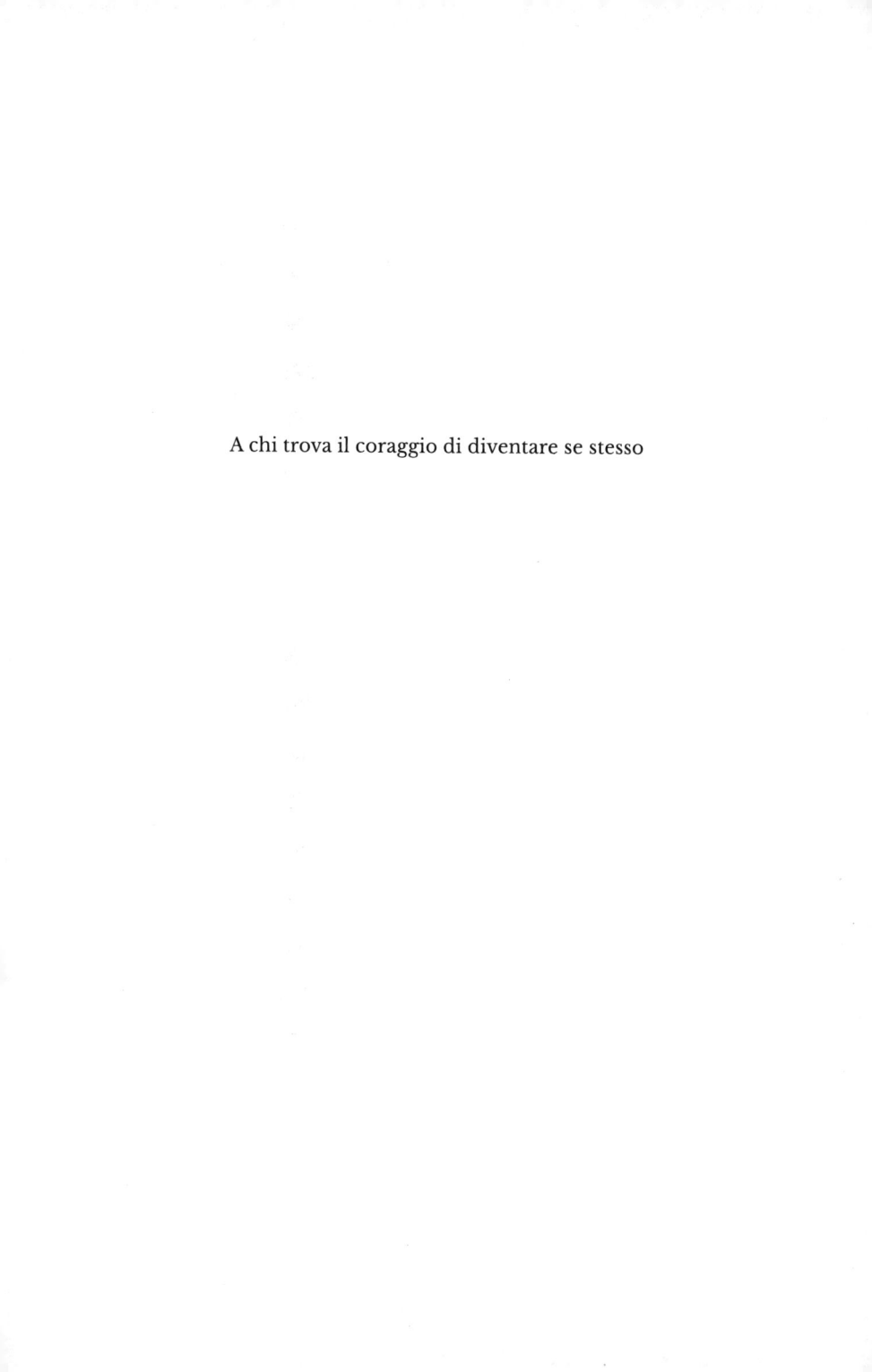

A chi trova il coraggio di diventare se stesso

Copyright © Giangiacomo Feltrinelli Editore, Milan.
First published as *La Prima Luce di Neruda* by Ruggero Cappuccio
in "I Narratori" in October 2016 by
Giangiacomo Feltrinelli Editore, Milan, Italy.

Lyrics by Pablo Neruda are taken by *I versi del Capitano*,
edited by Giuseppe Bellini, Passigli, Firenze 2002.·

The Simplified Chinese edition is published in arrangement through
NIU NIU Culture Ltd.

本简体中文版通过 NIU NIU 文化出版

本书中提及的聂鲁达的诗句
摘自《船长的诗》，责任人 Giuseppe Bellini, Passigli 出版社，
2002 年佛罗伦萨

商务印书馆（成都）有限责任公司出品

LA PRIMA LUCE DI NERUDA

Ruggero Cappuccio

(意)鲁杰罗·卡普乔 著
彭妍 译

聂鲁达的第一道光

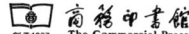
商务印书馆
The Commercial Press

图书在版编目(CIP)数据

聂鲁达的第一道光/(意)鲁杰罗·卡普乔著;彭妍译.—北京:商务印书馆,2021
ISBN 978-7-100-19421-1

Ⅰ.①聂… Ⅱ.①鲁…②彭… Ⅲ.①长篇小说—意大利—现代 Ⅳ.①I546.45

中国版本图书馆 CIP 数据核字(2021)第 025937 号

权利保留,侵权必究。

聂鲁达的第一道光

〔意〕鲁杰罗·卡普乔 著
彭妍 译

商 务 印 书 馆 出 版
(北京王府井大街36号 邮政编码100710)
商 务 印 书 馆 发 行
天津科创新彩印刷有限公司印刷
ISBN 978-7-100-19421-1

2021年5月第1版　　开本 889×1194 1/32
2021年5月第1次印刷　　印张 7 插页 1
定价:52.00元

致勇于成为自己的人们

哪里是我?哪里是非我?谁是你们的第一个爱人?
谁是最后一个?第一个爱人与最后一个差别在哪儿?
有什么东西是真正会湮灭的? [……]
我们能抓住流水的形状吗?
我们能追溯它的源头吗?
我们能知晓它的去处吗?
同样的道理适用于我们的第一个爱人:
她没有原点也永不会消逝。
她依然,存在于我们生命的行程中。

——一行禅师

也许有一天
一个男人
和一个女人,一如
我们,将触碰这爱情
而这爱情仍有能量
灼伤触碰它的手

巴勃罗·聂鲁达《船长的诗》

译序

"我偏爱诗人笔下的历史,更胜于记载于历史中的诗人。"

——鲁杰罗·卡普乔

我对这位活跃在意大利戏剧界、创作和执导了大量当代戏剧、创立了"隐秘的剧场",并常年担任那不勒斯戏剧节艺术指导的卡普乔先生早有所闻,初次读到他创作的这部小说令我十分欣喜。他的语言具有极为细腻浪漫的抒情性、带着淡淡的凄美的色调,并能借小说人物的口吻轻快而真挚地展开对人生哲理的探讨,每每在不经意间便能引发读者心中的共鸣与思考。因此我很庆幸有机会受商务印书馆之托,将这部小说译为中文,与更多的读者分享。

关于作者的这一选题,相信与意大利人尤其是那不勒斯人对诗人聂鲁达特殊的感情有关。聂鲁达在被智利政府驱逐流放期间,得到意大利政界、文艺界的支持,曾在意大利那不勒斯市的卡普里海岛,在马蒂尔德的陪伴下度过了一段美好的时光,并在这里为马蒂尔德写下了《船长的诗》这本爱情诗集。小说的两位主人公一位是诗人,一位是歌者,他们的诗和歌点缀在小说中,交相辉映,根据故事发展和人物感情的变化,时不时变幻和丰富着叙事的节奏。

然而,我更愿意将卡普乔的这一小说看作是对聂鲁达真实经历的诗化表达。小说中提及的重大事件及其发生的时间、处所,大多从史实中撷取。如民众聚集在罗马火车站抗议意大利政府驱逐聂鲁达的一幕,又如智利总统阿连德最后的广播讲话等等。小说中有名有姓的人物也大多是真实存在的——从多位意大利重要的左派知识分子,到为聂鲁达提供流亡期间在卡普里岛住所的传奇人物埃德温·切里奥等。

小说以真实的历史事件为基础,同时作者依据艺术表达的需要进行了虚构,结合了散文、诗歌和戏剧的表现特点,这也成为本书的特色之一。卡普乔在谈到这部小说创作时提到,他"隐略了时间和空间的定位,因为就历史长河而言,没有什么是会真正死去的。我们不仅存在于此时此地,更存在于人们的意念之中,这种存在能给人以勇气,令更多的人坚定他们的信念。聂鲁达和马蒂尔德就像是两位安抚者,他们生活中的爱与斗争,能抚慰更多的心灵"。

作者语言优美,奔涌热烈,就某些事件甚至某些短暂的时刻晕衍出丰富的对景物、人物的语言和动作、人物的所思所悟的感性描写，像诗歌一般营造出优雅而又浪漫的意蕴，对现实构成一种若即若离的呼应和超越。如聂鲁达和马蒂尔德初识后在圣地亚哥街头的一段同行，又如两人再次邂逅时的共舞，甚至几乎没有语言交流，却留给读者无尽的审美想象空间。

同时，小说通过主人公知性的对话或独白，试图探究人物的精神和情感空间，融入了对人生哲学层面的思考。对共产主义、文学、爱情与死亡等宏大且难以把握的主题，作者也通过聂鲁达精炼而极具生活趣味的话语，做出了看似轻盈而又意味深长的诠释。

诗化的叙事也体现在一些根据史料并无交集可能的人物，在作者的"安排"下相遇并展开对话。作者坦言朱塞佩·帕特罗尼·格里菲与马蒂尔德、聂鲁达的相遇是他的杜撰，"我非常了解朱塞佩的温暖"，小说中马蒂尔德倍受思念折磨孤单落泪之时，是朱塞佩给她递上了一块蓝色的小丝帕，"朱塞佩是多么勇敢而自由"，于是又由朱塞佩向两人点出相爱的人应该结婚。这模糊了现实与虚构的创作，或许正是作者借小说尝试对诗化浪漫叙事的探索。

文中还描写了许多精彩的小人物，例如"押送"聂鲁达去罗马火车站的两位那不勒斯警员、卡普里岛上的车夫、钓鱼的小孩等等，对他们的外貌和行为看似仅有寥寥数笔勾勒，但在他们和诗人间简短的几句对话之中，人物的形象瞬间鲜活起来，读者读到时会很自然地站在诗人敏锐而具有洞察力的观察角度，品味出平凡却又令人赞叹的生活道理。

小说的另一特点是多处运用诗歌意象的象征和隐喻，聂鲁达的诗集《船长的诗》中反复出现的"岛"，正是指小说中的卡普里岛，其他大量出现的代表性意向，如海、光、风、岩石、花、树木、鸟、女性的身体等，也同样是小说特别关注的描写对象，如"海"象征着对自由的追求和宽广的胸怀，"光"象征着正义、希望和永恒。此外，对于钟爱聂鲁达爱情诗的读者和研究者而言，如从文本间性的视角去欣赏两个作品，定能有一番独特的阅读体验。

谈到隐喻，值得关注的是作者对小说中两种有特殊所指的"背景空间"的安排，一是花园，二是卧室。聂鲁达和马蒂尔德的初次相遇、分别之后的邂逅都发生在花园，此外还有在卡普里岛，在罗马都有对两人花园漫步的描写。作者对花园的选取，应与"花园"在西方哲学中的意味有关。美国心理学家詹姆斯·希尔曼认为，花园是心灵的隐喻。在花园里，野性与理性交织共生，正如我们的内心。花园中交织的小径、充满生机的喷泉和灌木、交相辉映的花丛、草地与绿树，四季流转、树叶掉落、新芽萌发纷繁而又复杂，与我们的内心同质。卡普乔笔下的聂鲁达和马蒂尔德，在花园中的交流大多是无语言的，这一安排或许是因为此时大自然中的语汇已经替他们实现了心灵之交。在全书中一共出现了五处不同的卧室（准确而言应是"有床的房间"），分别位于那不勒斯、罗马、卡普里岛和圣地亚哥，以及圣玛丽亚医院的病房（在此聂鲁达在马蒂尔德的陪伴下直面死亡，奔向他的"第一道光"）。对"床"这一符号的选取也颇有深意，因为"人一生中的最本源的几件事都在此发生：出生、死亡、做梦和做爱"。

此外，作为戏剧导演和编剧的卡普乔，巧妙地将戏剧的艺术手法用于小说创作。或许是受到《麦克白》中经典的四次敲门的启发，小说以不明来客的敲门声开场，伴随着对诗人名字急促的叫喊，令读者瞬间沉浸到故事的紧张气氛之中；此后这样的敲门声多次出现，戏剧中"敲门声响"这一转场手法被巧妙用于小说，预示着情节的重大推进或突发变故，敲门的"命运之手"，令读者感到恐惧而又期待的同时，也凸显出此刻人物的无力又无助。而在罗马火车站的一幕，聂鲁达在混乱之中错过了马蒂尔德在几个月台之外遥遥相望的目光，于是当晚他特意与她返回火车站，站在彼此当时所在的位置，重新体验了远远相望的画面和心境。"再现"是戏剧艺术的核心元素，借用场景和人物行为的复现以表达诗人细腻的情感：在那个特定的场景中，他不愿错过与她的相互遥望。

小说涉及的时间跨度约二十多年，以爱情的真挚和政治斗争的残酷作为交织的两条线索展开叙事，以文学的诗意再现了诗人在这一时期的经历及心路历程。小说以特色鲜明的叙述方式，将此刻与回忆交错，戏剧般的场景铺陈和情节张力使得读者仿佛置身于故事之中。优雅浪漫的抒情、凄美的悲观色彩和洞穿时空的现实主义，组成了小说复调交响的三个旋律。不仅表达了诗人的爱情，更展现了他对祖国、对大自然深切的爱。

本书的中文译本出版之年，正值聂鲁达获得诺贝尔文学奖的五十周年纪念。我想邀请亲爱的读者朋友们，在阅读这本书时，自由地生发和感受你心中的回响，并"勇于成为自己"，这或许便是聂鲁达和马蒂尔德、卡普乔、译者及这部作品存在的意义。

最后，感谢为中文译本做出贡献的 Maria Clara Trivellone、Noemi Mazzaracchio、徐静、许苗苗、何园、吴诗雯、雷达和编辑琳娜。

彭妍
于南京北崮山
2021 年 3 月 1 日

目 录

1　上帝的半秒钟 / 1
2　痛的解药 / 11
3　为了希望，也为了诀别 / 20
4　幸福的伤 / 49
5　无须做爱 / 76
6　海的冷漠 / 89
7　秘密约会 / 103
8　死亡的味道 / 119
9　母亲的气味 / 129
10　心头的血 / 146
11　第一次赤裸 / 156
12　意外 / 168
13　你不在我身边的那些夜晚 / 179
14　本质之屋 / 185
15　月亮的诺言 / 194
16　与我共舞 / 200

致谢 / 209

1

上帝的半秒钟

"聂鲁达。巴勃罗·聂鲁达。开门。聂鲁达。巴勃罗·聂鲁达。开门。"

半明半暗之间,有人用手掌拍打着房门。一只小鸟受了惊,倚靠在床头柜的边缘。拍门声还在响着。鸟儿躲到烟斗后面,接着又跳到一个坏了的闹钟旁,小脑袋哆哆嗦嗦地晃着,眼睛一眨不眨地盯着门口。拍门声越来越大,它又快速俯冲向地板,不知所措地踉跄着。

"聂鲁达。巴勃罗·聂鲁达。开门。"

那人又拍了三下门。巴勃罗·聂鲁达几乎完全处于黑暗中。他躺在一张铁架床上，寻思着自己是睡是醒。他缩在一条红色的毛毯下，整晚纹丝不动，回想着这一生中的种种经历。他就像一个表演走钢丝的人，走在睡梦和清醒的分界线上。究竟躺了几个小时了？他的头枕在枕头上，看着上方的某个椭圆形的装饰，只见一道道锈迹交错，附着在一朵花上。他从下往上仔细观察它：那是一朵钟铃草形状的花，它如牛奶般细腻纯白，但花边却晕染了一层浅浅的蓝色，几乎看不见。他觉得那可能是曼陀罗花。接着他关掉床头柜上的灯，闭上眼睛，长长地深吸了一口气。正当他昏昏欲睡，一个画面立刻浮现在脑海："我坐在一块露出海面的礁石上，一只海豚从水里探出头看着我，它的鼻子有着玫瑰的形状，一朵肉墩墩的玫瑰。我不确定自己是不是睡着了，我觉得海豚只是梦中的影像，于是我立刻打开灯，我是醒着的。今天是星期几？我这样问自己，以判断自己是否清醒。今天是1952年1月11日。我关上灯，再次陷入黑暗中。我在卡拉乔洛街的一间公寓里，我在那不勒斯。我继续看着脑海中浮现的画面，我发现它们非常有趣，是如此生动形象，不容置疑。在黑暗和寂静中，我看得到却又怀疑自己。我一边看着，一边怀疑这只是一个梦，在这个梦里出现了一连串其他梦境的碎片，涌入我的视线。此刻，就在他们即将拍响我房门之前的一刻，我还看到了保尔·艾吕雅①的面庞。他是我的朋友，两年前的一个下午，我们一起走在满是尘土的街道上，四周空无一人。也许是在墨西哥城。刚才有点儿冷，那种刺骨的冷，就像当时我们在那儿一样。"

"聂鲁达。巴勃罗·聂鲁达。开门。"

诗人的鞋整齐地摆放在地板上，像是两座小岛，鸟儿便躲到那后面去了。"当有人用手掌用力地拍打屋门时，我们通常不会期待有什么好事发生。我并不确定他们是在敲门，所以我不会起身。"聂鲁达被许多思绪萦绕，他平静地回顾着过往，一种那晚之前他未曾感到过的平静。那些思绪色彩各异，但并没有丝毫怀念之情。

"我感受当下，只是为了向自己证明，二十年前发生的一切都在我的生命中留下了不可抹去的烙印，我能看得到、摸得到、听得到，就像此刻这床架发出的吱吱的响声。我触碰当下，是为了确定，时间确是我们有勇气去探索的维度：由已经消亡的和还未诞生的星星组成的星环，闪着

---

① 保尔·艾吕雅（Paul Éluard，1895—1952），法国诗人、超现实主义代表人物。书中若无另外说明，均为译注。

同样的微光，代表那些已经逝去和还未出生的生命。我探索当下，是为了体会它的虚空。我叫聂鲁达，四十七岁，我在一片黑暗中，在卡拉乔洛街的一间公寓里。今天是1952年1月11日。我在那不勒斯，是的，我在那不勒斯。宇宙已经存在了一百四十亿年。"

"聂鲁达。巴勃罗·聂鲁达。开门。"

鸟儿藏身在地板上的五摞书后。

"我不想起身，不想给任何人开门。现在，我又看到了一位二十七岁的本笃会修士的面庞。三年前我在马德里认识了他。他名叫威利吉斯·雅格尔①。他的眼底有一种能够治愈痛苦的平静，因为他有勇气穿越痛苦。'我们来玩一个数学游戏，'他对我说，'我们尝试压缩一百四十亿年的宇宙历史，用十二个月的时间讲述它，也就是说我们要只用一年时间去重现宇宙一百四十亿年的演变。您是一个诗人，聂鲁达，以您的想象力应该不难。在1月1日的第一秒，形成了物质。首先，形成基本粒子，紧接着形成最简单的原子，例如氢和氦。1月还没完，还发生了辐

---

① 威利吉斯·雅格尔（Willigis Jäger, 1925—2020），德国本笃会僧人。

射与物质之间的分离。于是，最早的星系诞生了。现在要注意了，聂鲁达先生，让我们跳到六个月之后。8月，一团巨大的气体和尘埃会塌缩，这样就形成了我们的太阳系。与此同时，地球上出现了复杂的化学结构，之后是生物结构。现在到了9月中旬，地球表面出现了奇异的突起，也就是最古老的岩石。10月初出现了远古海藻生物。到11月底，成千上万种植物和动物开始出现在水域中。12月19日，植物开始在陆地生长。第二天，树林覆盖了土地，生命周围形成了含氧空气。12月22日和23日从鱼类中分离出的、拥有四肢的两栖动物开始在湿地中活动。12月24日，爬行动物出现，它们的足迹到达了旱地。12月25日诞生了最早的恒温动物，除了数量不断增长的恐龙，当天深夜还出现了最早的哺乳动物。在12月30日的夜晚，阿尔卑斯山开始形成。现在您可以微笑了，聂鲁达。这一年即将结束，但在12月30日至31日的夜晚，人类物种在一群猴子中诞生了。午夜前的五分钟，尼安德特人①已经出现。午夜前的十五秒，基督诞生了。在午夜来

---

① 尼安德特人，现代欧洲人祖先的近亲，因其化石发现于德国尼安德特山谷而得名。从十二万年前开始，他们统治着整个欧洲、亚洲西部以及非洲北部，在两万四千年前消失。

临前的半秒之内，我们生活的这个世纪到来了。聂鲁达先生，对我们来说，半秒钟意味着什么？对上帝来说，半秒钟又是什么呢？'说完，年轻的修士久久地看着我。而此刻，他也正看着我，即使我闭着眼睛也能清楚地看到他。他缓缓地扬起嘴角，微笑着告诉我：'请记住，聂鲁达先生，上帝的半秒钟，不过在您的一个诗句之中。'"

"聂鲁达。巴勃罗·聂鲁达。开门。"

他现在怀疑一切，真的有人敲门吗？重点是，他们敲了多久？他真的是在那不勒斯吗？他看到一个女人的额头，光滑、宽阔、舒展，仿佛寒夜中沙漠里的细沙。他看到她长长的波浪般柔软蓬松的鬈发，就像是连绵山川的轮廓。在黑暗中他看到她的双眼，只看得到双眼，像童话里的双子岛一样深邃，能够抚慰焦虑。

"其实我只是躺在床上，在一个漆黑的房间里。我这辈子换过不知多少住处。廉价旅馆、没有水电的夹层房间，有时头顶上南方典型的潮湿墙壁长出了绿色的苔藓，周围的糊墙纸也已腐烂。每天早上醒来，我都需要花些时间来弄清楚我是在布宜诺斯艾利斯[①]，还是在古巴的某处。

---

① 布宜诺斯艾利斯（Buenos Aires），阿根廷首都。

一睁开眼睛,我的手习惯性地往右边摸索圣地亚哥[①]房间的灯,而在加尔各答[②]的房间,灯在左边。所以,现在,我到底是在哪儿?"

"聂鲁达。巴勃罗·聂鲁达。开门。"

有人大声呼唤着他的名字,但这种呼唤并不会让他心绪不宁,这是他自己的声音。只有这个声音,是他想听到的。这显然只是他脑海中的声音,却引起了身体的感应。这个声音如静谧的湖水般充盈着他的胸腔,使他瞬间精神焕发。

"我在和自己说话,通过我的身体。我必须记住这一点,我对自己说:记住,有一天你可能会失去你所爱的东西。记住,尽管你离不开你的狗,但它可能会走丢,而后就换了主人。记住,你可能再也不会回到那座使你感到幸福的城市。记住,你的父亲已经不在了,而你可能会在思想的深处再体会一次这种失去。记住,你的母亲也离你而去,聂鲁达,那时的你只有一个月大,但你可能还会体会失去她的感觉,当你再也找不到牢印于心的她的呼吸的节奏。记住,你可能会失去你的家乡,失去爱你的朋友,和你最亲

[①] 圣地亚哥(Santiago),智利首都。
[②] 加尔各答(Calcutta),印度城市。

密的爱人。记住，你可能会失去自由。但是你要记住，尽管如此，你依然要抗争，要努力地活下去。你即将失去的每一件东西，都会在你血液天然的基因中留下一个种子。你只需要去寻找它，不知疲倦地寻找，就一定会找到它。"

"聂鲁达。巴勃罗·聂鲁达。开门。"

一缕阳光透过阳台百叶窗的缝隙照射进来。

"我在那不勒斯。我把手伸到床的左边，摸到灯，然后打开。我在那不勒斯。我的身体不停地在移动，仿佛它并不属于我。它今晚去了许多地方，穿过了很多城市，感受到了时间转换带来的眩晕，因而紧紧抓住了在'昨天'和'今天'之间摇摆的绳索。我在床上穿好衣服，然后朝门走去，准备开门。可是我的腿，刚刚迈出的腿，却令我感到如此陌生。然而正是巴勃罗·聂鲁达这个人在往前走，这个正扣着衬衫袖扣的人就是巴勃罗·聂鲁达。"

这会儿，钥匙在锁眼中转了两圈之后，门打开了，刺眼的阳光瞬间照进阴暗的房间。公寓的走廊在逆光中，耀眼得令人炫目。聂鲁达看到了两个男人的轮廓。一个有着深色的头发和浓密的小胡子，另一个长着浅棕色微卷的头发和金黄色的小胡子。从那天起，他就把他们称作黑胡子和金胡子。两位访客走进房间的时候，始终将双手插在深色风衣的口袋中，聂鲁达从步态辨识出他们是警察。

"巴勃罗·聂鲁达？"黑胡子一边问一边向床的方向看去，床上太过整洁，不像有人在上面睡觉的样子。

"正是本人。"

金胡子从外套里抽出右手，翻看书橱上排着的一列书的书名。黑胡子追问道："被子怎么还没打开嘛？"

另一个一边查看书，一边笑眯眯地吹了声口哨，嘲讽地说："德·鲁奇亚，艺术家都是到了早上才睡觉。你不知道吗？"

"我还没睡。"聂鲁达答道，打开了阳台的窗板。

"人家还没睡呢，弗朗泽。"

"我在思考。"聂鲁达说。

"你懂了没，德·鲁奇亚？艺术家11点20分在思考。"

聂鲁达穿上他的棕色天鹅绒外套。看着这两位，说道："是警察们不应该在11点20分来搜查。你们一般不都在早上五六点来吗。"

德·鲁奇亚透过阳台的玻璃望向大海，这里正对着卡普里岛。

"聂鲁达，我们来说一下现在的情况，您今天得离开这里去岛上。"

"没错,今天下午我要去见埃德温·切里奥①。"

"你懂了没,弗朗泽?艺术家总是和大人物搞在一起。"

"但现在我们得去趟警局。"弗朗泽说得很客气,然后面露遗憾地补充道,"您最好把行李也带上。"

屋里,鸟儿又叫了三声。德·鲁奇亚和弗朗泽向天花板正中垂下的铜吊灯看去,两位警察相互对视,眼里闪过一丝疑惑的神情,一种那不勒斯人在意识到被嘲弄时的眼神。

"是只金翅雀吗?"

"金翅雀在这儿干吗?"

聂鲁达走近吊灯,看着那只鸟,用左手掌小心地托起它。他走到桌边,拿起牛奶,倒了一点儿在一个放在玻璃杯里的小纸卷里。这报纸卷成的小卷儿的一端,刚好是小鸟嘴巴的形状。他就着纸卷认真地喂起这毛茸茸的小家伙来。

"还用纸卷喝奶呢。"弗朗泽的话里透着欢快的语调。

"我在这儿的别墅篱笆下面发现了它。这间屋子的主人是位热爱动物的先生,他肯定也会喂它。它还不太会飞,但很爱唱,唱得也好听。我准备好出发了。"

---

① 埃德温·切里奥(Edwin Cerio, 1875—1960),意大利作家、工程师、建筑师、历史学家和植物学家,出生于卡普里岛。

2

痛的解药

"乌鲁蒂亚小姐。马蒂尔德·乌鲁蒂亚,请开门。有您的一封信。"

"我在罗马待了八天八夜,就等着这个消息的到来,像一具干涸的躯体期盼着水的激活。在我忙忙碌碌的每一天里,对这个消息的渴望隐藏在看似平静的外表下,却无时无刻不翻涌于心。"

"乌鲁蒂亚小姐。马蒂尔德·乌鲁蒂亚。请开门。有您的一封信。"

"我给自己弄些茶喝,为了等消息。又弄几颗胡桃吃,也为了等消息。

"在罗马有一条小街,叫那不勒斯菜园街,与巴布宜诺路一道通向马古塔路,那是阳光一隅。我在菜园街三号的一栋雅致的出租公寓楼里租了一间顶楼的屋子。管理员是位老太太,烫着一头精致的花白鬈发。大家都叫她'女王',也没人在意这是否是她的真名。她称我为'小姐',乌鲁蒂亚小姐,也喜欢叫我马蒂尔德·乌鲁蒂亚小姐。我很希望我在等的那句话能从她的口中说出:'乌鲁蒂亚小姐,请开门,有您的一封信。'因为她说话的语气很温和,她的微笑很治愈,就像6月的阳光下罗马某个古老喷泉涌出的汩汩清流。或者,也可能会是这个公寓楼唯一的服务员给我带来那个消息,她是个金发的威尼斯人。我也很乐意由她带着她那标志性的、喜剧演员般的笑容,来通知我信到了。她也喜欢用小姐称呼我,其他这么叫我的还有人民广场上咖啡馆的服务生,还有十字街上的水果摊主。昨天我还从他那儿买了一个苹果。我今年三十九岁了,而我的祖国智利尚年少。多少年来,一次次的抗争总是在胜利之后的第一天就偃旗息鼓。就这样,一个又一个世纪之后,这位年仅十五岁的母亲再次苏醒,她毫不倦怠,诞下又一个全新的革命。这应该就是她的使命,而她孕育出的一个个新革命,几乎都比它们的实际年岁更显稚嫩。我的眼中带有小姐的神采，人们也都这么称呼我。每天我只是喝点儿茶，吃几颗胡桃。我在等巴勃罗·聂鲁达。"

"他会来吗？他会不来吗？我还能再见到他吗？我会不会再也见不到他了？我是个女人，是孤独的第 N 次转世，我为爱而生。恐怕有成千上万人也无数次地问过这同样的问题吧。他会来吗？他会不来吗？我觉得自己是一种普遍罪责的执行者，自人类诞生之日起便与之相随。我现在所遭受的，是众生曾遭受过的痛苦，以及无数人将要遭受的痛苦。这种痛苦对每个人都意味着绝对的毁灭，于我亦然。而我们必须懂得为我们的痛苦找到解药，这正是人之所以为人的天性。

"昨晚我走进了圣奥古斯汀教堂。在教堂第一个左殿的穹顶有一幅画，它磨锐了我'生命的刀刃'。我说的'生命的刀刃'，其实就是我们的感性智慧。当有人需要我们时，我们用感性智慧与之共情；当我们被囚禁在偏见的牢笼中时，感性智慧帮助我们锉平围栏；当我们因为憎恨的伤疤而可能导致郁郁而死时，感性智慧帮助我们抚平创口。画中的圣母，画家赋予了她一张妓女的面容，那一刻仿佛正在纳沃纳广场①等活儿。她的脸庞让人感到神意无

---

① 纳沃纳广场（Piazza Navona），罗马市中心最著名的市民广场之一。

所不在，在人绝望、悔恨、迷失时更加明亮耀眼。圣母怀抱着一个婴儿，那样逼真。在一座简陋的房屋门口，一男一女两位老者跪在圣母面前。我那'生命的刀刃'变得愈发锋利，我那微小的感性智慧发现，所有女性生来的使命，就是应对生命的源起。我记得我家乡的那些女性。当我还是个小女孩的时候，我看见她们在雨中锄草，看见她们在麦田里产下婴儿，看见她们埋葬在革命中死去的丈夫的尸体。她们只能用双手去挖坟坑，因为当时连一把铲子都没有。我看见她们淘米，也冲洗血迹。有的人到处寻找被害未婚夫的尸骨，一找就是十年，最后才在乡间的一棵橡树下找到。我注意到，她们会默默无言地爱着一个人，有的人甚至能够去爱默默无言本身。我没有忘记她们。女性的脊柱具有一种神秘的力量，支撑着我们时刻坚守在生与死之间：我们所爱的人的生与死，以及我们自己的。在十字架下面圣子殉难之时，在临盆的阵痛之中，在牢狱门口守望之际，在医院脏臭的病房之间，在虐爱的凌辱之下，我们从不退缩。"

"乌鲁蒂亚小姐。马蒂尔德·乌鲁蒂亚，请开门。有您的一封信。"

"现在几点了？我走了一整夜。我不能忘记数日子。今天是1月11日，1952年。几天前我还在那不勒斯。我们一起过了新年，之后聂鲁达就求我动身去罗马。要'谨慎'，他用了这个词，我答应的时候狠狠地咬了下他的舌头。我走了一整天，穿过广场时我的脚步像狐狸一般，快而无声。巴勃罗在自己的祖国被通缉，独裁者冈萨雷斯·魏地拉①想要他的命。巴勃罗在尽力保护我，让我远离这一切。但他还有个妻子，是我想远离的。我只愿我之于他，是与和谐的交会。于是我到了这里等着他，这里的人称我为小姐。我等的那个消息还没到来。清晨时分我回来了。上楼梯时我一阵眩晕，不得不抓紧楼梯的铁栏杆才不至于倒下。寒冷的空气提醒着我，这世界上还有物质的存在。那会儿也许是11点，又或许是12点了。我用力喘着气，困意尚未完全将我包裹。我那一间在最顶层，有两个露台：其中一个对着著名的帕特里奇侯爵宫②，是画家和

---

① 加夫列尔·恩里克·冈萨雷斯·魏地拉（Gabriel Enrique González Videla，1898—1980），智利律师、外交家、政治家。1946—1952年担任智利总统，实行亲近美国的外交政策。1947年煤矿工人大罢工后，将共产党人部长赶出内阁，并逮捕共产党领导人，逐步镇压罢工及民主运动。
② 帕特里奇侯爵宫（Palazzo Patrizi），位于罗马市古城中心圣尤斯塔基奥地区的一幢文艺复兴时期巴洛克风格的建筑，自17世纪以来是贵族帕特里奇家族居住地，收藏有大量家族私藏绘画作品。

雕塑家们住的地方；另一个能看见圣阿塔纳西奥教堂[①]的双子钟楼。我在床上躺下，木制百叶窗关着。我用双手握住巴勃罗的一条围巾——棕色羊毛围巾，是我在那不勒斯的时候偷拿的，为了把他身上的烟味带在身边。思念需要这实物的安抚。

"八天以来，我都这样度过，在那不勒斯菜园街。我选择住在这儿是因为，至少这街的名字将我和聂鲁达所在的城市关联起来。我需要一些来自迷信的幻象。对所爱之人的体谅竟无处安放，或者说不值一提。天很冷，但我什么也没盖，被罩平整地铺着。从我到这儿的那天起，它们就一直保持着原来的样子。红色的裙子卷折到了膝盖以上的位置，任由双腿裸露着。我的天，我竟然这么瘦了。我看着阳光透过百叶窗投射在地板上，那光亮斑驳而微弱。恋爱中的人儿在她孤凉的小屋里，气氛难以名状，稠密得就好像挤满了亿万分子，随时会炸裂开。此时如果有人突然进来做一番科学实验，会发现在热恋着却又孤单的人的屋里，竟然重力作用都发生了轻微的改变：物品下坠的时候，坠落的速度比别处会慢些。"

[①] 圣阿塔纳西奥教堂（Chiesa di Sant'Atanasio），位于罗马市古城中心马尔兹广场地区的一座兼具文艺复兴、新古典主义和拜占庭建筑风格的天主教堂。

"乌鲁蒂亚小姐。马蒂尔德·乌鲁蒂亚。请开门。有您的一封信。"

"是那位老太太的声音。我听见了,是'女王'的声音。我还听见两声轻柔的敲门声。但我需要确认一下是不是听错了。我等了一下,感到胸口烈焰充盈。"

"乌鲁蒂亚小姐。马蒂尔德·乌鲁蒂亚。请开门。有您的一封信。"

烈焰直冲上马蒂尔德的咽喉,此刻一股脑儿地喷涌而出。马蒂尔德看到自己起身,看着自己去开了门。烫着精致白鬈发的老太太把信递给她,微笑着。

"我本不想吵醒您,马蒂尔德小姐。我知道白天您需要休息。但我也知道人之所以变得美丽,只会是因为她正等着什么东西。拿去吧。"

马蒂尔德咬住嘴唇、闭上眼睛,表示感谢。她走到能透过更多阳光的露台,打开了信封。信头处是黑色打印的"众议院"。"万幸,"她自言自语道,"看来不光是警察,巴勃罗的朋友们也总有办法找到我。"信纸上只有两行手写的字。马蒂尔德张开口去读,却没有发出声音。她读得很慢："聂鲁达先生于那不勒斯收到了意大利政府的驱逐令，因而必须转移至瑞士。他将于今日途经罗马中央火车站，所乘火车18点40到站。"信没有署名。

她机械般地把信纸插回信封，放在绿色的小包里，接着去找她的手表。在床上找到了，此时是16点10分。她把浴缸放满水，脱衣，浸入水中，希望水能唤起她对自己身体的意识。她用力擦干身体，打开衣柜，下意识地拿了白色毛衣、黑色半裙。她罩上深色大衣，跑下楼，赶到人民广场，上了电车。街上没什么人，罗马城的建筑表面覆盖着一层属于冬季的黯淡的蓝。火车站的空气仿佛凝固了一般，像一座巨大的祭坛准备举行某种令人不安的仪式。马蒂尔德随着人流前行，查看了到站时刻表，那趟车会停在十号站台。此时是17点25分，还有一小时十五分钟。此刻马蒂尔德走在一群搬运工、卖饮料的，还有铺摊报纸的杂货小贩之间。她的脑海里是聂鲁达的面孔。"又一次流放，唉。又是驱逐令。"智利魏地拉政府的恶爪竟然伸到了意大利。"我能见到他，哪怕一小会儿吗？还有五十分钟。火车站的钟怎么都没在走呢。"她仿佛被一阵感伤推动着，一直挪到第三站台。她想找一个远离人群的地方，此刻的她只有这一个念头。

在那前一天的夜里也是，她只想找个地方，能躲开城市的街道。她需要待在户外,但又想摆脱和任何人的接触。此刻,在人群之中,她仿佛看见了迪莉娅,就是迪莉娅·德尔·卡里尔,聂鲁达的妻子。马蒂尔德忽然意识到,可能自己走开更好,最好离开火车站。想到这儿,两颗泪珠却毫无征兆地从眼中涌出。应该留下来吗?还是应该走开?她静静地哭起来,和几个小时前,她坐在卡诺瓦咖啡店那些废弃的桌子中间哭起来一样。当时是半夜3点,一片寂静之中,一个三十来岁的男人走过来,高个子、衣着文雅、戴着厚镜片的眼镜,一对漂亮的蓝眼睛却清晰可辨。他看了看马蒂尔德,并对她说:"晚上好!"这时广播里火车进站的通知打断了她的思绪。应该留下来吗?还是应该走开?蓝眼睛的男人从外套的口袋里取出一块蓝色小丝帕,放在她身边的桌子上。"我叫朱塞佩",他说,"没有什么东西能真正地从我们身边被夺走。"然后,他又慢慢地说:"可能存在某种化学物质,或者确实存在但没人想过这么去用它。它能让我们的眼泪结成晶状,保存在一个药盒里。我们可以时不时地打开,观看它,用目光穿越它。生命延续千万年,我们却始终没有勇气把它丢弃或是破坏。为了能用它告诉别人——你摸摸它,这就是我的苦难。这就是我的痛。"

3

为了希望，也为了诀别

"聂鲁达。巴勃罗·聂鲁达。请进。"

这是一位上了年纪的中士的声音，在梅迪纳街警局长长的过道上响起。中士人很瘦、谢顶。"我们就在这儿等您。"德·鲁奇亚说道。弗朗泽微笑不语。这时聂鲁达已经在木头长凳上坐了一个多小时，此时他起身走进屋去。刚走到门口，一阵煤炉散发出的热浪扑面而来。"进来进来，请坐。"说话的警官眼神狡黠，高额头，双手雪白，典型的那不勒斯人。他打开写有诗人名字的棕色文件袋。"里卡多·埃利泽·内夫塔利·雷耶斯·巴索阿尔托①，1904年7月12日出生于智利帕拉尔，是您吗？"聂鲁达只微微点了下头作答。"笔名巴勃罗·聂鲁达，对吗？"聂鲁达慢慢合了下眼皮表示确认。墙上挂着一张阿尔契德·德·加斯贝利②的照片，诗人的双眼平静以对。"尊敬的大师，我并不喜欢给人坏消息。您得相信我，坏消息会让我一整天都灰暗惨淡，哪怕外面阳光灿烂。不知道您是不是也一样。对我来说，发生不愉快的事情时，我觉得窗外必定阴云密布。"

"警官先生，在我出生的国家，一年有十三个月在下雨。"

"智利雨水丰沛，我听说了，这儿可不是。在这儿我们相信，持续一小时的坏天气便是一种挑衅，一种对上帝旨意的不恭，对完美的破坏。这是意大利政府发来的驱逐令，上面是您的名字。今天您就得离开那不勒斯，在罗马中转。当地的警察会在那儿等您，我猜应该是要送您去瑞士。内政部部长的签名，您看：马里奥·谢尔巴③。请您相信我，对我来说，今天这屋里大雨如注。"

---

① Ricardo Eliécer Neftalí Reyes Basoalto，里卡多·埃利泽·内夫塔利·雷耶斯·巴索阿尔托，聂鲁达原名。
② 阿尔契德·德·加斯贝利（Alcide De Gasperi），时任意大利总理。
③ 马里奥·谢尔巴（Mario Scelba），时任意大利内政部部长。

"请别担心,警官先生。我已经习惯了,对于未知的事物,每个人都可以自由地持有自己的判断。"

"这是您的话?"

"不,是我的一个朋友说的,不过我同意。"

"如果您再见到这位朋友请代我问候他,并请代我告诉他:实在是至理名言。"

"我应该在哪里签名?"

"这儿。"

"没有比权力和威望更令人孤独的了。"

"亲爱的聂鲁达,权力您没有,但威望尽在。"

"我倒是挺喜欢孤独。我签得对吗?"

"对极了。我可以请您喝杯咖啡吗?"

"您太客气了,但我会笑着回答您:共产党人不接受任何来自当局的馈赠。"

警官也笑了,从桌子上的银烟盒里取出一支烟,吐出的蓝色烟团在德·加斯贝利的相片前晕散开来。

"聂鲁达,烟我就不请您抽了,您已经说得很明白了。不过,我在想这么好的讨教机会可能也不容易再有下一次了。所以我决定问您一个问题,可能也只有您能给我解答。"

"恐怕您高估我了,警官先生。"

"我不这么想。聂鲁达，请跟我讲讲，因为我到现在也没搞明白，能不能像流水般简单通俗地告诉我：到底什么是共产主义？"

"共产主义不是静态的，我不知道明天它会是什么，也不知道对于其他人来说它是什么。我只能告诉您它在此刻对我而言是什么，仅对我而言。警官先生，您知道我犯了什么罪？我向您毫无保留地坦白。我教那些刚满八岁就在硫黄矿井里干活的孩子们识字。我给那些开采铁矿、煤矿、硝酸盐矿的工人们高声朗读我写的诗句。我揭发魏地拉政府滥用职权，打压一切反对的声音。我到世界各地宣讲，国家必须代表正义，必须为其所有公民的生命尽心尽责，不应将权要人物与平民百姓区别对待。那些饥饿的、受冻的、生病的、没有工作的，无故受到囚禁、拷打、刑罚，甚至被杀害的人，我站在他们一边。如果这些是共产主义的话，那我就是共产主义者。但或许我最严重的罪行存在于我的思想中。当权者不允许我们拥有自由的权利，哪怕这些权利完全是用于帮助他人的。共产主义是某种在我们自己内心更深处的东西。如果说共产主义让人难以接受，那是因为接受我们自己是一件非常难的事情。共产主义本身只是一个概念，就像您吐出的烟团般不可捉摸。我每天都在挑战，试图找寻它。"

警官沉默不语。他发觉自己的后颈和衬衫领子之间被冷汗浸湿了,这是只有在被强烈的情感触动时才会发生的情况。此刻他决定做回自己的本职工作。他慢慢地深吸了一口气,一撮烟灰掉落在一尘不染的地板上。"聂鲁达,很高兴与您相识。德·鲁奇亚和弗朗泽会陪同您去罗马。"

弗朗泽开着一辆深蓝色菲亚特1100,沿着马里纳街行驶。这是那不勒斯警局负责执行便衣任务的三辆车之一,走私犯、盗贼、妓女和老鸨们都认得出它。金胡子开着车,右手在方向盘和变速杆之间欢快地切换,他因为今天的特别任务而显得十分兴奋。德·鲁奇亚坐在他旁边,一只手臂搭在窗外抽着烟。他时不时地拨下遮阳板,上方横向扣着一个警牌①,下方有一个后视镜,能照出坐在后排的聂鲁达的脸。德·鲁奇亚盯着镜子,并非为了监视他,只是被他思考时眼中的神采吸引住了,在那眼神的深处闪耀着孩童一般的困惑和忧郁。

"这应该就是诗人的表达方式吧。"德·鲁奇亚想,"谁知道他这会儿在想些什么?也许在想智利,或者在想他小时候的家,或者在想他的妻子,又或者想着这次的被迫流放。"聂鲁达透过车窗观察着,在这1月的阴郁的午

---

① 警员执行公务时用于向人示明身份所使用的一种棒棒糖形手持圆牌。

后,整座城市笼罩着灰霾色的光线,使得人们的面庞、活力和噪声都变得模糊,一切仿佛静止成一个絮状的沼团。面向大海的楼房控诉着在六年前结束的世界大战中所遭受的创伤,外墙仿佛被宰割后剩下的牛骨架,其间隐约可见残留的墙纸的花纹。一株天竺葵在摇摇欲坠的阳台上顽强地生长,裸露的电线上吊着一盏小灯。"或许,我所相信的共产主义只有对于我是存在的。"剥落的石灰下露出的凝灰岩①记载着此处历史。聂鲁达微笑起来:"看来还是警官说得对,真的变天了。"德·鲁奇亚又抬起遮阳板,弗朗泽吹着口哨,是《桑塔基娅拉修道院》②的旋律。诗人停下了他的思绪,此刻的他全然不觉得正坐在警车里,或是有警察在身边。他用右手抚摩着斑痕累累的旅行箱,一连串诗句涌上他的胸口:"曼妙的那不勒斯,深渊。在这座城市,闲散是血腥的。空虚的微笑,给她的肉体披上了静默的长袍。只为把那空气中、那每晚刺伤我们肋骨的尖刀抽动时的刺刺声,听得更真切。在肉身以外的地方,生

---

① 凝灰岩:一种多孔火山碎屑岩,多见于意大利那不勒斯地区(曾于公元79年爆发的维苏威火山附近)。
② 《桑塔基娅拉修道院》(*Munastero 'e Santa Chiara*),一首创作于1945年的那不勒斯民歌,表现一个那不勒斯人在第二次世界大战之后想要回到故乡,但又害怕看到被毁坏的城市的情绪。

命带有死亡的气息，我们无法体味所有，由感官激发的存在。嗯，我们到了。"

在加里波第广场①的大报亭前，聂鲁达询问能不能买份报纸。德·鲁奇亚看着他，带着他这职业所固有的质疑神情。

"您想要什么报纸？"

"有份我不能买的报纸。"

弗朗泽捋了下他金色的胡子，一副"这事儿交给我"的样子。他上前走了七步，又走了七步回来，把一份报纸摊在聂鲁达面前。这次轮到聂鲁达露出受了嘲弄的智利人才有的眼神。

"您给我买了份《团结报》②？"

"我给您买了那份您不能看的。"

"为什么送我这份礼物？"

"大师您看，我们那不勒斯人就喜欢一件事：破例。我们从早上起床直到晚上躺下睡觉，无时不期待着做点儿什么违反规矩的特别的事，哪怕一件什么小事也行。我们

---

① 加里波第广场，那不勒斯中央火车站站前广场。
② 《团结报》（*L'Unità*），一份意大利政治日报，由安东尼·葛兰西（Antonio Gramsci）于1924年创立。此后直到1991年，是意大利共产党的官方报刊。

这儿的说法，要做成了件破例的事，今天才算是没白过。比如说，您觉得我和德·鲁奇亚做警察就只是为了抓捕坏人吗？当然这也是我们要做的。但是最美妙的时刻还是'查瑞拉'①上演的时候……这个词您可比我还熟悉。比如说我们抓到一个偷了汽车轮胎的毛孩子，这'查瑞拉'的好戏就开始了。我们给这孩子戴上手铐，他便哭起来，跟我们讲他爸爸死了、妈妈病了，全家共有九个孩子，住在缺水断电的棚屋里。于是在带他回警局的途中，我们停下车，让他发誓再也不犯了，然后就摘下他的手铐让他下车。大师，这样的时刻比祷告那会儿还要神圣。我们做了一件本不该做的小事，而我们之所以做正是因为按理不该这么做。如果做了这些破例的事，不瞒您说，夜里我睡得还更安稳。我们就是这样的人。"

"那后来车轮胎呢？"聂鲁达笑着问。

"第二天我们去交还给它的合法主人。"德·鲁奇亚总结道。

两位警察找到了五号车厢后，礼貌地让聂鲁达先上车。弗朗泽努力做出严肃的样子："十九号包厢，到了。"

聂鲁达先走进去坐了下来，弗朗泽和德·鲁奇亚在他

---

① Zarzuela，西班牙语，指西班牙的一种歌剧形式。

身边坐下。在他们的对面坐着一位穿深蓝色西服的男士，正在读报，手里的报纸挡住了他的脸。那也是一份《团结报》，聂鲁达向德·鲁奇亚看了一眼。

"意大利遍地是反动分子呢。"

蓝西服先生放低了报纸，露出他英气的面孔、高高的额头，眼里闪耀着古希腊哲人的神采。聂鲁达一惊：

"律师先生！"

"您好，大师。"

"我给你们介绍，这位是陶里亚蒂①议员的特别秘书马西莫·卡普拉拉②先生。律师先生，这两位是弗朗泽先生和德·鲁奇亚先生，他们正陪同我去罗马。"

"我知道，"卡普拉拉微笑着说，"我还知道几个小时前您收到了谢尔巴部长签发的驱逐令。不用惊讶，那不勒斯很小，读《团结报》的人知道那些读《团结报》的人的所有的事。"

---

① 帕尔米罗·陶里亚蒂（Palmiro Togliatti，1893—1964），意大利政治家，意大利共产党的创始成员之一，从1927年直到他去世，担任意大利共产党总书记和核心领导人。

② 马西莫·卡普拉拉（Massimo Caprara，1922—2009），意大利政治家、记者。自1944年起，担任意大利共产党总书记陶里亚蒂的私人秘书，长达二十年之久。

"律师先生,您这也是要去罗马吗?"

"是的,为了给您以及给在罗马等我们的警官朋友们一个惊喜,也想给弗朗泽先生和德·鲁奇亚先生一点儿宽慰,因为我想他们也很困惑自己该做什么。你们最好知道,火车一到罗马特米尼火车站[①],将会有一群共产党的议员们在那里迎接聂鲁达先生。让我们记得议会豁免权所赋予的权利。"

弗朗泽微笑着用食指轻抚他的金胡子,德·鲁奇亚专心地给手表上起发条来。聂鲁达眼里有一丝笑意,卡普拉拉看着他小声说:"此时此刻,沉默是金。[②]"

火车以它通常的节奏前行,轰鸣声、轻微的颠簸、进出隧道时与风涡的一来一回的冲击,以及来自火车头的低沉的汽笛声形成的声响,将聂鲁达引向他此刻唯一的思绪:"马蒂尔德。有人去通知她关于驱逐令的消息吗?她会知道我会在 18 点 40 分经过罗马特米尼站吗?到时会是什么状况?也许我不得不立刻启程去瑞士?我能有机会哪怕只见到她一会儿吗?"热恋中的人们的愿望往往就只停留在一个大局面中的一些微小细节上,就像放大了一幅宏

---

① 罗马特米尼火车站(Roma Termini),即罗马中央火车站。
② 原文为西班牙语:E da esto momiento, el silencio es de oro.

大壁画中最不起眼的局部。在聂鲁达的眼中，他受到的迫害、流放、排挤、驱逐此刻仿佛化作尘烟消散，他只在意能否拥抱她哪怕几秒钟的时间。

弗朗泽抽第五根烟的时候，整个二等座车厢变成了一间催眠烟雾仓。聂鲁达在烟雾之间看向窗外。1月的午后，最后一抹钴蓝色映照着肥沃的坎帕尼亚①大地。阿维萨平原菜地里的西兰花，因为临近日落而变成了暗沉的绿色，只可见顶部隐约的黄色。这场景让聂鲁达想起了1946年，差不多六年前的一个在圣地亚哥的夜晚，他被邀请参加在郊外别墅举行的招待会。主人是谁来着？

他仿佛又看见当时在花园里星星点点的火光，是庆祝什么来着？他想起当时有很多人，都穿着礼服。有人和他打招呼、握手，但他的记忆里没有留下哪怕一张脸孔、一句话，总之没有任何具体信息。他当时走着走着，远离了人群。他走着走着，想找一个暗处和一片宁静。那是个夏夜，花园很大，有迷宫般的杏树。熟透的果子表皮光滑，需要马上采摘，因为杏的果实在树上只能停留不超过七天，果皮的光亮在几小时之内就会耗竭。蟋蟀在这美丽的季节里以那老调的节奏鸣颤。远处某个地方，传来了吉他

---

① 坎帕尼亚（Campania），意大利南方的一个大区，其首府为那不勒斯市。

的弦声，缓慢而温柔。那旋律时强时弱，仿佛带着太平洋上吹来的微风的香气。这时聂鲁达听见一位女歌者的声音传来，唱着一首古老的意大利歌曲："我心爱的人儿何时来，看望他忧伤的女伴……"他走过一片树林，享受着如此舒缓的歌声，竟生出一丝远离尘世的幻觉。也许已经越过了生死的界限？又或是还没越过那道予人新生的神秘起点？那应该是歌剧中的一曲咏叹调。那声音继续唱着迷人的曲调："这里将会繁花似锦，阳光下的海滩……"这么听来，美人鱼不只是在海岸边歌唱，这一定是其中某一只尤物来到了陆地，喷射着她带有痛苦和诱惑的汁液。聂鲁达走到最后几排杏树之间，一片开阔地渐渐显露。这是一片在高大的南美杉树掩映下的空地，树干的脚下聚集着很多人，在草坪上呈半圆形，席地而坐，都在听她演唱。最终，聂鲁达看到了她。她穿着白色的衣衫，古铜色的头发中还间或夹杂着浅浅的栗色，还有浓烈的黑色，仿佛蜡烛的火苗上方游动的烟色。那是一头天然而松散的鬈发。"可是我还没见到他出现，唉，我心爱的人儿会不会来？"她身形纤瘦，然而当她的右手伴着歌声慢慢挥动时，却透出一股坚定的力量和叛逆的味道。她的眼睛带有智利人引以为豪的俏美。她的演唱结束了，热烈的掌声令她有些害羞，她转过身，走过去把吉他靠在树干上。那首咏叹调里还有些什么词来着？聂鲁达完全想不起来，他全部的注意力都用来看她，以至于听力缺失了。诗人走近人群，有个人（可能是个男的，关于他，诗人现在什么信息也回想不起来）对他说："巴勃罗，我给你介绍，这位是马蒂尔德·乌鲁蒂亚。"好，尤物有名字了。这模糊了时空的尤物名叫马蒂尔德·乌鲁蒂亚。聂鲁达一直盯着她的眼睛，吻了她的手。那个引见人大概还说了："马蒂尔德，我给你介绍，这位是巴勃罗·聂鲁达，这名字后面什么说明都不需要加了吧。"

她笑了。聂鲁达本想说"唱得真好"，但他没能说出来。还想说"您的嗓音真美"，但也没能说出来。然而她听见了他没说出来的话，他也明白她已经用直觉意会了他。

"这是选自哪部歌剧？"

"《妮娜，为爱疯狂》，"马蒂尔德笑着说，"是意大利人乔瓦尼·帕伊谢洛[①]的作品。"

"我们在那个花园里散步，我和她。"聂鲁达想到这里时，火车正减速准备停靠拉蒂纳站[②]。"当时她应该是给我

[①] 乔瓦尼·帕伊谢洛（Giovanni Paisiello，1740—1816），意大利作曲家，18世纪后半叶那不勒斯乐派的杰出代表。

[②] 拉蒂纳站（Stazione di Latina），位于罗马南郊拉蒂纳地区，距离罗马主城约六十公里。

讲述了她演唱歌剧的经历，讲了她的旅行、她的巡回演出、她在陌生城市里孤身一人的快活。但我现在连一个完整的语句，或是一个准确的用词都想不起来。当时我多么享受那宁静的时刻，只听见我俩的脚步声，踩在刚刚掉落的柔软的杏树叶上，空气里有她恰到好处的神秘体香。我知道为什么那晚的事我什么都不记得，为什么我没法回忆起那天在别墅里的任何一位宾客的面孔。她的形象放射出的耀眼光芒使得那晚我脑海中的相片过度曝光，以至于其他的形象都褪去了颜色，但凡不是她的其他面孔都灼烧殆尽。我们在圣地亚哥的蒙蒙细雨中走着，直到清晨的雨雾泛着银白的色泽。知道世界上有这么一个人的存在令我多么快乐。我只要知道这样一个生命的存在足矣。"

他们走了很久，互相紧靠着。时不时地，她会在废弃街区幽暗的深处找不到方向，他就跟在她后面几步之远，看着她的后背，沉醉于不了解她却又仿佛了然于心的美妙感觉。当他决定要再次上前走到她身旁时，她也毫无征兆地转过头来，双眼紧盯他的额头，仿佛正在探究他的灵魂。

火车全速前进，聂鲁达意识到他的记忆渐渐消散，正好像眼前的房屋和山峦在车窗上透出的斑驳影像。

"我认为那晚我们最享受的是我们都抑制住了语言层面的交流。我们都懂得彼此提问、试图了解对方，总之那些初次见面时常见的、通过刨根问底摸清对方身份的行为，显得多么焦虑。我们没有那么做。没人逼我说出我四十二岁，我也没问出她三十四岁。谁也没问对方生活、家庭，或是工作状况。我们交流梦想。我们并没有袒露心底的激情，不需要说出口，一种只属于我俩的默契已自然通达。我们都不说话，我们明白语言会消减内心情绪的强度，会使我们之间的气氛变得平庸。我们知道说出口的言语可能会抑制住我们的欲望。我的欲望越过了意志所能掌控的范围，传递到她的身上，她也以她性感的沉默给我回应。"

那个在圣地亚哥的夜晚多么美好，裹着老式路灯发出的柔和的紫色光线，墙边生锈的排水管旁杂乱地捆绑着小推车。马蒂尔德的脚步仿佛勾勒出了一个神秘女子的命运，聂鲁达默默地看着，当她突然从暗处走到明处的一瞬间，聂鲁达终于忽然发现智利大地有着一张具象的面孔。简言之，他感到这个女人身上聚集了他所出生的这个国家的所有的谜。

"在我和马蒂尔德之间有一种动物般的相互吸引。当我的肩轻擦过她的肩，我感到一阵由原始的快感触发的肌肉紧张。就像我们发现自己被雨淋湿时，必定是在下雨一样，无须搬出什么定律来证明。实际上，当时真的下起了雨。我们一直走了不知道多久，来到圣地亚哥的一片我从未到过的区域，穿过了一条非常狭窄和幽暗的小路。那里的建筑都是空着的，沿街没有商铺或是餐饮店，我分辨不出是民宅还是废弃的厂房。忽然间，马蒂尔德走向一条大路，微微有些上坡，路的两边开始出现梧桐树的棕色树干。她认识这地方吗？我不确定，她坚定的脚步是否因为重逢一条相识的道路而欢乐，或者她急促的喘息仅仅是因为对未知的好奇。我们走到一处岬角，站在一扇19世纪的栅栏门前，两侧的围墙有着优雅的轻微弧度，柱顶平台上有古老的陶瓶装饰。我想象着那里面应该有个巨大的花园。她停下脚步看着我，然后说：'那我走了。晚安。'我看着她转过身去，沿着花园右侧的墙边走着。我很惊讶自己居然喊出了她的名字。她于是停下来，又看向我。我对她说：'那您住在哪儿？'尽管黑暗之中我看不清她，但我确定她笑了。她停了一会儿，回答我说：'这重要吗。'又接着往前走了。

"渐渐地，她的身影在柔软的薄雾中消失。渐渐地，她的高跟鞋踩出的脚步声隐没在周围的寂静中。而在我的心里，她的形象开始变得无比清晰。她就在我的眼睛和整个世界之间，让我对回家路上所经过的街道、广场、建筑都视而不见。马蒂尔德令我的归途放缓，令我的心绪放大，仿佛穿过炼狱时才有的感受：在一个迷宫里，'此时、往后、晚些、明日'这样的词语都失去了意义，置身于时间不复存在的绝妙境界。这种超脱时间的感觉，我既害怕又渴望。

"我住的地方在一幢老房子的六楼。当我沿着破楼梯爬到楼顶平台时，有生以来第一次，我竟没有气喘吁吁。我打开门，看着我仅有的那个房间，墙纸斑斑点点，稍稍褪了色的淡紫色小洞；摆钟停在 3 点 25 分；方桌上堆着我的书。我在棕色的沙发上躺下。晨光使得墙壁透出一丝油滑的色调。我闻了下衬衫的左手腕处，似乎微微留有她的香水的味道。怎么会呢？也许是我一次次超过她的时候蹭到了她外套的袖子。但也可能，只是我开始产生错觉，是我的幻觉。不管是什么，我觉得还挺可爱。"

晚上快 10 点的时候，聂鲁达沿着圣地亚哥的街道散步。酒吧里传来姑娘们欢快的歌声，她们穿着蓝色或绿色的衣服，唱着他从没听过的歌。老车夫一面吹着口哨，一面牵引着马车。聂鲁达走在东南风带来的绵绵细雨中，他感觉仿佛在一种浓稠厚重的乳液里挪着步子。

"我看着这些街道，疑惑着是不是前一天晚上真的和她一起经过了这里。我对马蒂尔德一无所知。仅知道她的名，在圣地亚哥这样的城市想要找到她实在是不够的。忽然,我的头脑中闪过一个念头,仿佛点燃了令人欣慰的火苗:我应该再回去找那个岬角,我应该再回去找到那个我们分开时在我们面前的栅栏门。我调动记忆中的每一个细节,试图回想起我们在漫长的行程中去往的每个方向。我当时只专注在她身上了,她的身体、她的动作。除了马蒂尔德,别的我什么都没看。我意识到不应该试图辨认我们经过的建筑物的外墙、小花坛,或是商店关着的店门。只有一个可能的办法,去回忆当我看着她的全程中情绪的变化节点,并将这些节点与我们当时转过的弯、走过的岔道关联起来。这倒不难。我开始把我从她那里获取的感受按顺序排列起来,把我脉搏的变化依次排开,如此便追溯出整个章节目录——前一晚我的心路历程。此时,我走着走着,逐渐梳理出我那晚一连串无声又奇妙的心绪变化,并将它们与每个交叉路口建立起关联。我仿佛又听见了她高跟鞋的声音,我确认有个时刻我盯着她的鞋看,然后我就认出了当时我们走过的人行道。

"终于,在半夜2点的时候,我又找到了那条梧桐树大道,我来到了栅栏门前。那么自然,仿佛我都没有离开过。她的能量停留在那个时刻,那样强烈。为什么她把我带到那里?那个地方出于某种理由,一定是对她而言非常重要。这个念头驱动着我的脚步。栅栏门生锈了,半掩着。我推开门,杂草和碎石产生了一点点阻力。我走了进去。平时我在诗句的字里行间不断追寻的月亮,今天倒是起了个物理作用,但也令人不安:月光总算能帮我看见点儿什么。我确定自己走进了一个花园,一个曾有着平整的步道、花坛、整齐的花架的巨大的花园。而现在,蕨类植物和杂草覆盖住了所有人类理性建构的痕迹。不同方向矗立的橡树,它们的枝杈在高处相交,树叶形成的斑驳的阴影,阻挡着来自天空的微光。我走得很慢,野草摩挲着我的裤子,时不时还会划伤我的手。我这是在往哪儿去?特别是,我还能再重新找到出口吗?现在我走过一片茂密的野生杨树丛,来到了一个圆形高台,周围是一圈棕榈树。高台中间有一个方形的、灰色石块修砌的大水池。我走了过去。水是静止的,仿佛半透明的大理石一般。一种我从未见过的有着紫色花纹的睡莲,有百来朵,与其说是漂浮,看起来更像是粘在水面上。这水面静止不动,仿佛被固定在了将近一米高的塞茵那石[①]墙上。我沿着这古老喷泉的周围走着,用左手触摸着水面四周砂岩的孔洞。我走

---

① 塞茵那石(Pietra Serena),一种灰色砂岩,常用于建筑,有时也用于雕塑。常见于意大利历史悠久的托斯卡纳建筑,用于隔离或装饰元素,如柱子、飞檐等。

得很慢。忽然，我不得不停下脚步：在水边有一只女人的鞋。我毫不怀疑，我认得出这只鞋。这是马蒂尔德左脚的鞋，再往前一点儿还有另一只——她右脚的鞋。所以，她就在这儿？在哪儿？在一片寂静之中，我幸福得简直要窒息。我们来到了同一个地方，我的身体回应了她低频的召唤。但她现在在哪儿？这是个什么刺激的游戏？也许她躲起来了，正在观察我。也许她正走在某条杂草丛生的小径中。我感到被赋予了某种特权，我感到能够将分秒，甚至数个小时握在手心里。我具有能够锁住时间的神奇力量。时间仿佛顺从地躺在我的面前，任由我描绘它的形象。

"当然，我知道被赠予这神奇力量的情况，一生中只会出现一次。我想我在那儿待了至少一个小时。我看着马蒂尔德的鞋，用手指擦拭着。我坐在喷泉的边缘，其他的我什么也看不见。忽然间，在不远处的棕榈树后面，我似乎听见一阵极快的脚步声，脚踩在树叶上，像是一个什么生物奔跑着逃开。那可能是一只野猫，也可能是马蒂尔德在邀请我跟着她。我朝着沙沙作响的方向走去。穿过棕榈树，我来到另一片空地，更小，也是圆形的。在正中，有一棵野生栗树。我走过去，看见低矮的树枝上挂着一条珍珠项链，就是前一天晚上，我看见在她乳沟上方闪耀的那条。我摘下项链，用右手握住放进我的外套口袋，顺便感觉着这些又圆又硬的小颗粒带来的光滑而舒服的感觉。我走上一条很窄的路,那里有一个阿拉伯式的铸铁圆顶,缠绕着茉莉花枝。我沿着石板路走进花园深处,穿过溢满巨大白玫瑰花的灌木丛。"

聂鲁达迷路了。拂晓时,他才来到栅栏门前。他再次推开它,走了出来。他沿着大道,走着向下的坡道。他的手握成拳插在外套右边的口袋里,她的项链就握在手心。他就这样穿过整座圣地亚哥城,感觉很好。回到房间里,他在沙发上躺下,睡着之际还很注意让手指保持触碰着那个她的似是而非的印迹。

五个小时之后他醒了。他感到自己的双眼比以往任何时候都更加警觉,更加好奇。一阵欢乐的气流使得肌肉得以复原。从他的胸口涌出一股新的能量,化作比平时更深长、更舒展的呼吸。他整个人被一股莫名的冲动所包围。马蒂尔德让他体会到了等待的味道,让他怀疑再也不会见到她了。找到她存在的印迹的快乐,通过落在古老喷泉边的两只鞋和一条他紧紧攥在手里的项链得以寄托。

"那个女人带给我的,是我能享受一天中的每一个瞬间。当然,把自己的一切完全托付给一个人,由她完全主宰我的情绪、我的笑容、我的失眠,这可能有时令人难以置信。但我知道,这艰难而又美好的放纵是达到更高的平衡的必经步骤。无论我是否还能见到马蒂尔德,或是将永远失去她,我知道我都应折服于她灵魂的美丽。只有当我们愿意为一个人不惜冒一切风险,我们才能学会去爱我们将会遇到的形形色色的人。"

那天下午,诗人觉得他的小房间里满是不和谐的味道,简陋发黄的纸张、没削好的铅笔的瑕疵。他选了一条裤子穿上,扣上衬衫胸前的扣子,在两件可选的外套之间犹豫不决。奇怪的是,他发现自己竟然很享受这个过程。他用一块布和一截鞋油擦亮了鞋。终于到了晚上。他走出家门,感觉自己仿佛是个即将走上决斗场的男人。伟大的爱情之约使人的细胞中生出矛盾的勇气,足以陪伴我们走向审判台。

"我知道马蒂尔德就是对我生或死的判决。是时候直面我这幸存的生命了。如果我想实现自我,必须懂得放弃自我。并且我必须不计代价,以我所能付出的一切诚意。"

午夜刚过,聂鲁达穿过岬角花园的栅栏门。月色比前一夜稍暗,月光柔和地洒落在草地。他又来到一片平地,这里杂乱的山楂丛正抽出新枝。他慢慢地穿过,怀疑自己的脚步像只猎食中的动物,或是歪歪扭扭地前行中的猎物。现在他来到一条长有杉树的路,在那里,他隐约看到了什么。他走得更慢了,沿着路走到尽头,是一座浅色石头建的小型神坛,三个大理石的头像嵌在神龛中。从沾满苔藓的睡莲的缝隙里,一缕缕的水流在半圆形的水池中滑落。在水池的左边缘处,坐着一个女人。她穿着黑衣,背朝着他。他停住,欣赏着她背部的线条。静谧之中,池中的三个喷头不规则地喷着水。那是马蒂尔德。她转过身,笑着对他说:"您找到我了呀。"

"我找了您很久。"

"我知道,聂鲁达。"

"昨天夜里,我看见了您的鞋。"

"我喜欢光脚在这个花园里散步。"

"我们这是在什么地方,马蒂尔德?"

"我们在格里姆索普男爵的庄园。"

"英国人?"

"是的,是个热爱智利的英国人。他十八年前死了,那之后这里就一直无人打理。"

"您知道这地方的所有秘密?"

"不是所有的,不过有一处我想带您去。"

"她站起身,我跟在她后面。如果说两天前的夜里,我被她在圣地亚哥街道间行走的步态施了法术,那现在看着她在漆黑的树丛间穿行,对我产生了仿佛酒醉的效果。

有生以来，我从未感到过单纯与优雅能如此完美地结合。从一条桉树小径走出来，我们来到一片开阔地，这里耸立着两棵几乎要干枯的棕榈树，守卫着一幢别墅。那里面有十三个石头建造的露台，两侧有着哥特风格的塔楼，上面有着掉落的石灰粉末，那是窗子周围的花岗岩边框轻微坍塌的印迹。在巨大的拱门前，耷拉着两个熄灭的灯，灯罩的支架锈迹斑斑。马蒂尔德推动门把手，我们进去了。门厅由大壁炉上五支蜡烛的火光照亮。墙上挂着一些相互挨着的空相框，各种风格和年代的混杂在一起。这个大厅的正中间有一个上行的宽大楼梯，庄严得仿佛修道院里的那种。她沿着楼梯开始向上走，我跟在她后面。拱顶上方掉落的石灰碎石被她的鞋跟碾成碎末。脚步声混杂在这些声音里，形成了尖锐的混响。当我们上到二楼，仿佛来到了另一个完全不同的世界。尽管墙壁的基调依然被砂浆、粉尘、污泥和苔藓占据，但整排房间呈现给我们的视觉效果，却包含一些非常鲜活的色彩。穿过第一个房间时，我感觉仿佛置身于德累斯顿的巴登王子宫[①]的某间大厅里：

---

① 巴登王子宫（Prinz-Max-Palais），位于德国德累斯顿市，由德国建筑师约瑟夫·杜尔姆（Josef Durm）于1882年建造，巴登王子马克斯于1899年将这座宫殿作为其家庭的住所，因此后来以他的名字命名。

这里占主导的是18世纪的风格，有拱形桌腿的桌台、写字台、琴谱架，还有十来个椭圆形的相框，里面有戴着假发的女士和先生们的头像，钉在那些竟然还保存完好的绿松石色的壁纸上。下一个房间似乎是一个仿古风格的书房：几米高的胡桃木书架覆盖了整面墙，直到屋顶，摆设中有古希腊或是庞贝人留下的花瓶、小型神像，还有不知从哪里发掘出的象牙器具。接下来是三间满是蜘蛛网和虫斑的皇家风格的大厅。

"现在我们来到一扇气势宏伟的大门前，那门的颜色是一种褪了色的乳白色，镶金的花纹上粘着些经年累月的、令人作呕的苍蝇尸体。她转动象牙材质的球形把手打开了门，我们走了进去。这是一间威尼斯风格的大厅。每面墙边都摆放有镶着金边的边桌，桌腿呈倒置的方尖碑状。四张边桌的上方都有一面镜子，已覆满灰尘。桌子四周包裹着硬质的暗绿色垂帘。拱顶上一片片镜面依着弧度镶嵌在泥灰之间。不过马蒂尔德这是带我来了哪里？关键是，为什么带我来这儿？大厅四角的角桌上，黄铜烛台顶端的火苗闪耀着光亮。是谁准备了这一切？

"忽然，从隐蔽在蓝色墙纸中的一个小门里走出一个女人，顺滑的黑发刚刚过肩。她穿着一件白色礼服，光着脚走过来，微笑着和马蒂尔德握手，似乎认识她。对我，她看着我的眼睛,点头示意。马蒂尔德对我说:'我给你介绍,这位是奥提伽,她生活在这里很久了。'我很困惑,又很惊叹,但更主要的是,我感到陷入了一种迷失方向的境地,以至于说不出话来。终于,我说出了几句话:'从我进到这里开始,就有点儿恍惚。我感觉似乎活在几个世纪之前,甚至对自己是谁都有点儿模糊起来。这儿究竟是什么地方?'奥提伽笑了。'这里是格里姆索普男爵的别墅,我十三岁时在西西里岛认识了他。当时我正和其他几个农民在采摘刺山柑[①],累了坐下休息的时候,听到他在弹吉他。他问我是否愿意成为他的女神。我问他是不是想要我做他的妻子,或者女友,或是情人。他重复道,只是想知道我是否可以做他的女神。他有着蔚蓝色的双眼,浅色的头发,手很漂亮。我回答他说,我愿意做他的女神。那天晚上我告诉了我的父亲,并给了他一个小箱子,里面有一百张一千里拉[②]。第二天我就跟着他出发了。我们去了埃及,又去了意大利、阿根廷。然后我们来到了这

---

① 刺山柑(capperi),也译为水瓜榴,主要产于地中海沿岸,其花蕾和果实通常经过腌制后,作为烹饪的调味料。

② 里拉,意大利自1861—2002年间使用的流通货币的基本单位,于2002年被欧元正式取代,不再流通。当时里拉与欧元的兑换比率为1欧元兑换约2000里拉。

里，他教我认字，教我怎么搭配衣服。他给我找了一位钢琴老师、一位舞蹈老师和一位马术老师。然后有一天他对我说：'你别忘了要保持野性。'他让人建了这个别墅，还在花园里种了这些从前在圣地亚哥从没人见过的植物。那天，他在睡梦中走了，没人知道是什么原因。当时我十七岁，之后我就留在这里了。他的遗产归他在伦敦的妻子。这别墅也属于她，不过她从没来过。'

"'您从没想过要回到西西里岛吗？'

"'我知道我的父亲和母亲都死了，我唯一的弟弟也死了。我三十五岁了，我想就留在这儿。'

"'您为什么叫奥提伽？'

"'我的名字是卡梅拉。是格里姆索普要叫我奥提伽。他说我的美丽就像西西里的大地①一样，那是他遇见我的地方。'

"'可您以什么为生呢？'

"'您看见那架钢琴了吗？时不时地，会有些情侣来这里。这是圣地亚哥的一个秘密的传统。当两个人即将开始或是结束一段恋情时，他们要来这里跳一支探戈。他们会给我钱，数量随他们的意，我以此为生。我为他们弹琴。

---

① 奥提伽（Ortigia）是意大利西西里岛东海岸上的一个小岛。

我弹琴有时是为了迎接希望，有时也为了诀别。总之，你们俩也是为这而来吧。'

"马蒂尔德对她报以微笑，然后转过身，她的快乐直达我的眼里。她握住我的手，把我带到大厅的中央。奥提伽则走去坐在了钢琴前。我的左手握着她的右手，这个我渴望的女人。最初几个音符在空气中响起，延展出的旋律有力而甜蜜。我没想到那架钢琴竟然有如此大的能量，使整个大厅在共鸣中震颤起来。我们的探戈缓慢而热烈。我和马蒂尔德一步也没有跳错，也分不清我们之间是谁在引导谁。我确定我们就那样跳了几个世纪，我能感觉到她的气息和紧张。我觉得我正在不断下沉脱离我自己，自己的意识已经不再有任何意义。我感到当时的自己就是万物，我就是她，又什么都不是。我觉得我在死亡的序曲中起舞。但，这不应该就是——爱情吗？

"音乐结束的时候，我和她一动不动地看着对方。仿佛两人相互在问：我们究竟是谁？我们在做什么？我拥抱了她，紧紧抱住，用我的唇去碰她的。我触碰到了忘却的尽头。我们转过身时，奥提伽已经不在了。我们走到钢琴边，我掏出钱夹，将里面我仅有的一张钱取出，放在她的琴键上。马蒂尔德用力拉着我的手，让我跟着她。我们打开门，沿着回转楼梯而上，穿过幽暗的走廊。我们应该是来到了别墅最右端，进了最后一道门之后，那里有一张床，上方的床架上挂着一张破了的、还落了灰的蓝色纱幔。我开始脱去马蒂尔德的衣服，当她赤裸全身时，我从外套右边的口袋中，取出了她的那根珍珠项链。我轻抚她的头发，帮她戴在颈上。我们的身体向彼此诉说着所有我们未说出的话。我们彼此的灵魂此时安静无声，它们顺从于内心的真实感受。

"拂晓时分，她走向窗边去看花园里的老棕榈树时，我问她：'你怎么会知道这个房子？你之前和什么人来过吗？'她笑了，用眼睛给了我肯定的回应。

"'马蒂尔德，你来跳那支探戈是为了希望还是为了诀别？'

"'巴勃罗，这个问题你永远也别问我。'"

4

幸福的伤

"巴勃罗,这个问题你永远也别问我。"

"我们开始穿衣服,慢慢地。我抓住她的右手,看着她的眼睛,迷失在她的空旷之中,那种只能由于不解而带来的空旷。当我们回到那些静谧的大厅时,我发现我并不伤感。以前每当我爱上一个女人的时候,有种忧伤总是让我的舌头感到苦涩,现在却没有,而且好像也从未有过。"

火车坚定地奔跑着,刺穿了天边那宣告夜晚即将到来的钴蓝色糖霜。聂鲁达看着他的左手腕。整个手腕通红,因为在一种令人绝望的压力之中,他用手掐痛了皮肤,也掐痛了回忆。

马蒂尔德最后一句话的低沉音调在诗人的脑海里像失控的弹珠一样爆开：巴勃罗，这个问题你永远也别问我。

拂晓时最早的一抹青灰色显现在大花园的道路上。树木、树丛的轮廓、花坛的石块时隐时现。有那么一刻，他觉得似乎爱上了她。是在我们抵达生命本质或死亡的漫长时刻中的一刻。走在干枯的树叶上，两人的脚步透着绝望，因为不久之后，时间将把他们分开。慢慢地，他们的分离时刻越发接近，终了的感觉和快乐的感觉在两人的胃里释放出疼痛的火花。他想告诉她自己所有的感受。她控制住了想要哭泣的强烈欲望。聂鲁达思考着一个诗人会怎么死去。现在，没有任何一句他说的话、他写的诗句，能帮上他的忙。

他们穿过了半掩着的栅栏门的狭小空隙。跟随着恋人们周密计划的神秘而又私密的仪式，他们一前一后停了下来，就在他们两天前分别的地方。她往后退了四分之一步，好像在说，现在别碰我。他总算说了出来："马蒂尔德，我对你一无所知。"她看着别墅古老的栅栏门，目光落在他的额头上，然后慢慢转过身，独自走开。聂鲁达依然站在那里，注视着她，试图回想他意识中幸存下来的几个片段，想将马蒂尔德的身体留在记忆中，这个身体此刻已经走远，变得透明，凝固在清晨整个圣地亚哥上空那抹氤氲的湿热的蓝中。

当她在道路尽头完全消失时，聂鲁达感到颈后有一阵可怕的疼痛。"诗人只会在死亡的感受中诞生。我无法用语言来解释这一切。没有一种方式可以让别人理解。我无法说给任何人听。"他沿着通往城市中心的坡道走去。他连站稳的力气都没有，也没有力气往前走。他确认自己正在失血，这是一种无法描述的感觉，从那天起他把它称为"幸福的伤"。他所感受到的快乐混杂着对孤独的预感。现在，恐怕只有真正死去才能重生。永远抛弃自己的身体，任由它去吧。

"在那古老的床上究竟发生过什么？每次经历漠然的性爱，我的生理感受都无法触及我的肌肉或骨骼。而和马蒂尔德在一起，让我明白了爱是多么强大，即使它没有实体，但那无形之中能迸发出无限光亮。情感不是物质，不是长方形，也不是正方形的。这些能够杀死我，或向我展现灵魂的所有的美，甚至都不超过一克重。"

他走到了一个荒废的大广场。中间有个花坛，杂草混在几片无精打采的叶子中。三棵粗壮的棕榈树干顶上，耷拉着几片病怏怏的枝叶。3月中旬的圣地亚哥，夏天正努力呼出最后的气息。一个人也没有。没有行人，也没有一辆车能提醒他正处在现实的世界，而那一夜的魔咒已经结束了。他没有选择任何方向，路边的旧房子上满是裸露的石灰。他一步接一步地走着，像一张落在喷泉池里的纸片，在水面上任由水流推动。一声木头撞击的声音使他注意到一家面包店。此刻，在这最超现实的时光里，清晨的微亮给小店染上了一层白光。店里仍然是黑的，像个阴暗的空管道，仅有四盏油灯的微光。也许这么说有些夸张，但他所看到的一切都仿佛有着死神的气息，在那个清晨之前他从未如此确切地注意过。一只鸟儿从路的一端轻盈地飞到另一端，他却狠狠吓了一大跳。他在人行道上的一张被人丢弃的藤椅上坐了下来，目视着那些穿灰色工作服的师傅们，默默地在面粉堆之间忙碌着。

  聂鲁达试图回想自己究竟做了怎样的一个梦。直到一位老人走出店门，靠在门框上抽烟，他还是没有想起什么来。诗人坐在阳光透过雾气晕开的钢灰色中，像一个绝望的幽魂。那绝望不是因为与肉体分离的痛苦，而是因为将要面临的罪罚：在另一个人的身体里度过了七小时之后，他必须回归自己的身体。他的眼神明亮而又失落。蚂蚁在他鞋边一厘米的地方经过，微风吹起首饰店的绿色窗帘，身后的推车发出吱嘎声，这一切在他看来都那么不可思议。这一天中的平常事让他感觉透不过气来，也让他感到希望永远地破灭。所以，美有自身的重量，它压在我们身上，不会消失。

"我在这座城市重新修建的街道上走着，寻找着人群最多的街区。人群，是的，我想要看到人群，想要那种自己不再是巴勃罗·聂鲁达的特别感觉。为什么我不能成为那个从牛奶店出来的老太太外套上的紫色纽扣？就当一个纽扣，这样就可以跟她回家，无意识地分享这个陌生女人孤单的一下午。还有那个正给客人拿糖浆和药片的热情的药师，我为什么不能成为他口袋底部的碎烟叶？待在裤袋温暖的黑暗中，对外部世界一无所知。"

一想到要回家，他忽然感到一阵害怕。回去做他本该做的事情——读他的书、写他的诗——那仿佛成了诡异的监牢。与他自己的生活有关的事情，都让他感到要与世界分离一般的恐惧。在遇见马蒂尔德之后，他不想再做他自己，而只想成为所有人中的一个渺小的存在。他突然想起了一位死去的朋友。"费德里克在的话会对我说什么？这个享誉世界、被称作加西亚·洛尔迦①的诗人会和我说什么？"他需要这位年轻人的一句话、一个指

---

① 费德里克·加西亚·洛尔迦（Federico García Lorca，1898—1936），20世纪西班牙最具代表性的戏剧家、诗人。

点——那些在西班牙一起度过的夜晚，他总能令自己开怀大笑，这是个懂得如何在痛苦中活着的小神灵。但他脑中的费德里克什么也没说，只给了他一个戏剧般的不可捉摸的、悠长的笑。

聂鲁达看着橱窗，穿过一座座长长的桥。"也许我疯了，"他想，"这一切都会过去，我会嘲笑自己。"他不知道自己为什么不感到饿，不想来一大杯咖啡。下午3点，他在圣地亚哥一个他从未到过的街区闲逛，靠在一个不再喷水的喷泉边，以无比巨大的好奇心观察着它，毫无理由。

21点过后，一个新的想法像地震一般，撼动了遍布他情绪的沼泽。"如果留在街上，我就有可能会遇见她。我不应该回家。我所能做的只有不回家。"他走了一会儿，在矮墙上坐了一会儿，又起来走，又回来坐着。他喝着热咖啡，看着路边仅存的几盏亮着的路灯过夜。他知道他应该感到冷，但他没感觉到。每隔四五个小时他就会被一阵快乐的火苗灼烧。他确定自己被卷进了一个奇怪的开端。有一种说法，人如果不曾了解"与消亡的欲望相伴的，还有存在的欲望"，他就枉过了这一生。

就这样过去了四天四夜。他深色的外套变得僵直，白衬衫像是内战中某个死去的人身上风干了的衣服——遗体被抛弃在街角,路过的人在胸前画着十字为他祷告。他不再照镜子,觉得自己像个从圣地亚哥疯人院里逃出来的病人。到了第四个晚上,他意识到自己犯了一个错误。他以惊人的速度穿过整个城市,直到返回格里姆索普男爵别墅的门前。他停了下来。一切都和四天前的夜晚一样。他的身体虚弱、脱水,使他对马蒂尔德的感觉变得复杂,似乎与她熟识已久,又仿佛捉摸不定。他在栅栏门边紧握双手,看着漆黑一片的花园深处,又往回走,回到城市生活的表象。

第二天,当他坐在人行道边轻抚一只白色狗狗时,一位朋友认出了他。

"巴勃罗!"

"埃斯特万。"

"你在干吗呢?怎么会在这儿?你还好吗?"

聂鲁达站起来想向他伸出手,但没站稳。

"巴勃罗,出什么事了吗?"

"我不知道,埃斯特万……"

"我们一起去吃点儿东西吧,如何?已经1点了……"

"啊,1点了……"

诗人的话断断续续,好像在一个词和另一个词之间有一个山沟、一片沙漠或一个世纪。

这是一家铺着白色桌布的小餐馆，他们默默地坐在桌旁，点了一份汤。巴勃罗盯着纸巾和餐具，就像他一生中从未见到过那样。吃完后，聂鲁达想从口袋里掏钱来付账，但没找到钱。

"别啊，巴勃罗。是我叫你一起吃的。"埃斯特万把钱递给服务员。

到该起身的时候了，聂鲁达久久地看着这位朋友的眼睛。"埃斯特万，你介意扶着我走吗？"

"当然不会。走，我带你回家。"

当他们走到时，诗人无声地拥抱他的朋友，然后走进门厅，开始上楼。他之前从没觉得那些台阶有这么高。他打开公寓的门，停在门口看着桌子、纸张、铅笔、烟斗。这看起来像一个陌生人住的地方。那个直到六天前还住在这儿的那个人去哪儿了？他自己呢，现在，他是谁？他怎么可能住在这个他完全陌生的地方呢？他觉得此刻需要完全消除精神上古怪的臆想。他躺在沙发上。"我必须睡觉，"他告诉自己，"我的上帝，请帮帮我，别让我做梦。"

第二天早上5点钟，他睁开眼睛，盯着因潮湿而泛黄的白色天花板。他用几秒钟测试了一下自己的意识——他没有忘记任何事情。马蒂尔德的双眼仍然印在他的脑海里。聂鲁达的思想夹在两个同步的念头之间：一个敦促他回到刚才不用想着她的睡眠中；另一个诱惑他尝试忘记她。他从沙发上起身，看着桌子上的纸——这些应该是自己写的。但写的是关于什么的？他不记得了。

他脱下衣服，走进蓝色的浴室。他打开水龙头，坐在浴缸边，寄希望于眼前每一幅小小的画面能平息他的焦虑。也许一个日常的动作可以抚慰他的绝望。他凝视着流动的水，好像那水能有神奇的疗效，具有能把他重新拉回现实的魔法。"什么也没发生。一切都和之前一样。"好像这么说一句，就能和解似的。水已漫到浴缸的边缘，聂鲁达关掉了水龙头。水不再向外漫。晨光笼上玻璃窗，是死寂一般厚重的灰色调。看起来就像他和马蒂尔德分别的那个清晨。从那时起一切都静止了。没有发生任何变化。只有她曾经过这里，又消失在路的尽头。疼痛完好无损。

他泡在温水里，却并不想洗澡，他不想洗掉身体里快乐的幻象，他仍然感觉到它们刻在自己的胸膛上，就像隐形的文身。但他决定洗他的手臂、腿、脚、喉咙，就像埋葬死人前的净身。过了一会儿，他又像个死人一样来到镜前刮胡子，把剃刀挪到下巴上，却已认不出自己的皮肤了。他慢慢穿着衣服，穿上他仅有的两套衣服中的另一套：外衣和卡其色裤子。他把烟叶和年轻时起就一直用的烟斗放进口袋。他拿起雨伞，停下来透过玻璃看着窗外的细雨:"这就是爱情吗?"

他走在圣地亚哥的街上,眼神像极了某只流浪狗,仿佛诉说着自己曾有一个家,但现在这个家再也找不到了。"如果她想再见到我,"他对自己说,"她当时应该会告诉我她的地址,应该会约我某一天或者某个星期在那里见面。"

一天又一天,一夜又一夜,他一直在街市和广场之间走着,钻进狭窄的小巷,还有散发着臭气的街区。他不时地被人行道上的高跟鞋声惊醒,因为和马蒂尔德的脚步声很像。但这些惊醒短暂而残酷。他努力保持清醒,即使已经困到眼皮粘在一起。他忙于唯一的一件事——让自己精疲力竭。他吃得很少,每天喝三四杯咖啡。他会在僻静的小路边的长凳上、在咖啡店的桌旁、在广场的喷泉旁睡上半个小时。难得有一个夜晚他决定要回家,在他走到二楼平台时困意席卷而来,很快便以迅雷不及掩耳之势夺走了他的意识。

白天他走了好几公里。他开始相信,之所以几个世纪以来全世界无数诗句中都会出现"心"[①]这个字,也许真有某个古老而确切的理由。真的有一种挥之不去的疼痛感

[①] 意大利语中的cuore一词,既指心脏这一脏器,又有内心之意。

在他的左胸，并伴随了他整整一天。"所以说，看似修辞，其实是真的会痛。"

四十三天过去了。聂鲁达在圣地亚哥街头流浪，那脚步仿佛是走在自己的葬礼上一样。他的脸变得瘦削以至于神情诡异。他的脸颊深深凹陷，惨白的皮肤像是被白石灰刷过一般。

那天晚上，他盯着街头一个支撑杆生了锈的钟看了半个小时。当他决定离开时，时钟指在11点10分。他穿过一条非常宽阔的路，突遇一场暴风雨，他的伞都被掀翻了。他在一间浅绿色门廊的咖啡馆前停了下来。那种颜色给他带来了一种神秘的、童年般的抚慰。这是19世纪晚期的那种房子，并所幸从未被翻新。他透过窗户往里看，目光落在一排排透明的抽屉柜里，里面装着各种形状的饼干。厅里人满为患，烟雾缭绕。他在雨中驻足，看着那些坐在桌旁的人，他们的嘴里说着他听不见的话。他觉得自己一生都在像这样，透过玻璃去观察别人的情感，而没有任何人注意到他的存在。伞没用了，他把它丢在墙边。又回头透过咖啡的雾气看了起来。服务员捧着装满了杯子的托盘来回穿梭。突然，他的目光聚焦在一个女人的头发上，发色是深栗与青铜相间，小卷与大波浪夹杂。那女人背朝着他，穿着一件黑色外套。此后聂鲁达便失去了所有知觉。他感觉不到自己此刻激动得血脉偾张。他感觉不到自己在颤抖并且汗流不止。他感觉不到自己的存在。那女人是马蒂尔德。这时,她露出了自己美丽的侧脸,她和两男两女坐在角落的一张桌旁,她一直笑啊,笑啊,笑啊。她抿了一小口红酒,说着什么,其他人都开心地听着。

巴勃罗体内,眩晕的感觉越来越严重,使他愈发接近自我意识的完全丧失。但是,当坐在那桌的其中一个小伙子开始盯着他看的时候,他那眼神是什么意思?他的朋友和另外两个女人也转过身来。所有人都以嘲讽的表情注视着聂鲁达,那表情深处流露出一丝怜悯。终于,马蒂尔德转过身来。她看见了他。她很惊讶,艰难地透过蒙着水滴的玻璃窗识别他脸的轮廓。两人在彼此的眼中采集到了激情澎湃的信号。是他。他的身形瘦得吓人,空气中的幻象还能让人想起巴勃罗·聂鲁达的轮廓,勉强还能看出这正是那个四十三天前与她跳探戈的、微笑着又强壮的男人。

马蒂尔德猛地站起身。朋友们都看着她。她试图穿过咖啡馆拥挤的人群。她冲出咖啡馆。巴勃罗已经不在那儿了。雨下得更猛烈了。他在,他就在那儿。在路的尽头。他以他微弱的体力所能允许的最大速度果断而费力地走着。她跑了起来,喊他的名字,大声地喊他,大叫他的名字。他转了个弯。不见了。当她来到他转弯的路口时,没有看见他。她开始边跑边哭。人行道对面有两个男人看着她。一个骑着自行车的巡夜人也刹住车,想搞清楚发生了什么事。一个糕点师闻声从他店铺的门里走出来。马蒂尔德声嘶力竭地喊着巴勃罗的名字,声音无比哀伤。在风雨中,她看到右边有一条非常狭小的巷子,上方有一个拱门,连接着两座古老建筑。在暗影之中,聂鲁达正靠在墙上,像一只受到惊吓的动物,随时会凭仅有的本能逃跑。她认出了他。她又大叫他的名字,向他冲过去。她停住,一根手指抚着他的脸。她定在那里看着他,气喘吁吁地抽泣着。然后她用双手抚摸他的脸颊,她用唇去靠近他的唇,感受他的呼吸。她本想吻他,但当她看见他眼中的痛苦,她停住了。在这悲壮的门廊下,冷风夹杂着雨点。聂鲁达一动也动不了,手臂垂在身体两侧。她开始用唇压住他的唇。"被已死的人亲吻的感觉一定很好。而且我正享有这特权,得以体会这是什么感觉。"巴勃罗这么想着并告诉了她,毫无埋怨地对她低声细语。她用手臂环抱着他的脖子,在加速的呼吸中努力地以平静的语调说:"我求你,巴勃罗。我得和你谈谈。"她抓起他的手,紧紧拽着,把他又带回路上。风雨似乎努力把他们往回撵,而他们踩着一个个大水坑前行。

聂鲁达的第一道光

  他们走向阿拉米达火车站①，进入了曲线形铁梁结构的候车厅。在钢制拱顶上，冰雹无情地击打着玻璃，发出仿佛来自地狱的轰鸣声。她有些慌乱。她意识到在那儿她没法和他说话。她说出的每个词都会淹没在暴风雨中。巴勃罗之前一直由着马蒂尔德想去的方向，而此刻他紧握住她的手仿佛发出"跟我来"的示意。他们来到一号站台。雨水再次向他们袭来。他们沿着站台的大理石人行道往前走。聂鲁达让她继续向前。走在铁轨和碎石之间，一直走到不远的检修站。在一条废弃的铁轨上，巴勃罗找到了一辆独立的客车车厢。他们慢慢走过去，打开车厢门，爬了上去。暴风雨声减弱了。他们走进过道，聂鲁达钻进了第一个包厢，任由自己的身体疲惫地陷进座位里。她站住，然后坐在他对面。他不再握住马蒂尔德的手，令她突然感到寒意。他在路灯发出的微弱光线中注视着她。这样的马蒂尔德他从未见过。完全湿透的头发失去了蓬松感。此刻的她，看起来额头更高了，眼睛更大了，耳朵也露了出来。但现在也能看得清，她也瘦了，瘦了很多。颧骨突出。嘴巴也似乎更小了。

  "你看起来糟糕透了，巴勃罗。而我也一样。"

---

① 阿拉米达火车站（Stazione Alameda），圣地亚哥市中央火车站。

他看向窗外。透过模糊的雾气，远处火车站的轮廓呈现出一种不真实的景象，加剧了他这数天以来心里的迷幻感受。她正盯着他。高高的额头、尖瘦的鼻子，嘴巴撇出的线条委屈又痛苦。她想看着他的眼睛，但聂鲁达的脖颈倚在高高的椅背上，使得他的双眼刚好隐匿在暗影深处。

"这段时间里你都做了什么，巴勃罗？"

聂鲁达没有回答。她意识到自己问错了问题。他的整个身体都在表明他夜夜的失眠和日日的虚度。"你饿了吗？"马蒂尔德试着再说些什么，但她意识到这不过是十分虚伪的噪声，尽管看似出于好意。巴勃罗沉默不语。车厢里只听见他的呼吸声，节奏怪异而苦楚。

她明白不该再继续提问了。

"你应该是走了不少路吧，巴勃罗。我一动也没动。我一直闷在家里。今晚是这么多天以来我第一次又见到圣地亚哥的街道。弗朗西斯卡和布兰卡逼我出来的，就是你在咖啡馆里见到的和我一起的两个姑娘。那两个男的是她们的朋友。我并不认识他们。这些天我都是在床上度过的。把头埋在被子里。在黑暗里。我不想看到任何光亮。我不想这世界上的任何事，我没有力气起床。我一步都挪动不了。我怕你，巴勃罗。"

他缓缓地转过身。她感到他在看着她。

"我怕你,巴勃罗。我怕我会爱上你。我怕我其实已经,爱上了你。这个词以前总会让我发笑:恋爱。爱情,巴勃罗。它令人的感官消失,不受控于意志。它是一种空气中的毒素,让你无缘无故地欢乐,无缘无故地死去。它是一种刑罚,迫使你甘愿顺服于另一个人,当你意识到你喜欢这个人的时候。它是一种疾病,让你无法独自欣赏一幅画、一棵树、一幢建筑,因为你想要那个你认为你爱的人,一直在你身边。我一直怕。他们称为爱情的东西,我一直都怕。它是对独立性的掠夺。这是抢劫,巴勃罗,它逼我向另一个人托付我的思想和我存在的乐趣。我一生都在挣扎着远离它。你想知道为什么吗?因为我一无所有,除了我自己。我曾经很穷苦,巴勃罗。包括物质生活和情感生活。我现在也很穷苦。我只剩下这湿漉漉的头发,这两只手和这点儿声音。我只剩下自己的思想。而你,是这个社会所谓的名人。我第一次见到你时,我就已经读过你的诗,尽管我没告诉你。在这个城市里,我至少认识一百个崇拜你的人。我们曾一起在夜里散步。我试过忘记你是谁。传奇是危险的。你的脆弱是诱人的。对我来说,非常诱人。你的温柔比唐璜①的诱惑更具杀伤力。从我们第一

---

① 唐璜(Don Giovanni),欧洲戏剧及文学创作中的重要人物形象,中世纪西班牙的一个玩世不恭、放荡不羁的典型人物,依靠男性魅力引诱一个又一个女人,然后再将她们抛弃。具有代表性的作品如莫里哀于1665年创作的五幕散文剧、莫扎特作曲的两幕歌剧《唐璜》(首演于1787年)。

次见面后的第二天起,你就扰乱了我的生活。我不想这样。我没有一个小时是我自己。我不再属于自己了。如果你对我没那么重要,我本可以再见你,任凭自己随你去做人们称之为'做爱'的事情。这就是为什么你再也没能找到我的原因。这就是我把自己关在家里四十三天的原因。马蒂尔德正在失去马蒂尔德。"

"马蒂尔德会重新找回马蒂尔德。"聂鲁达说着,打算站起身。

"等等。"她把双手放在他的肩膀上,让他坐下。"等等。我想跟你说一整晚话,以我之前从未有过的坦诚。直面'真实'难能可贵,机不可失。我要告诉你我所有的痛苦。请你听我向你诉说一切,体会它们。然后告诉我,我的症结是什么。"

他又重新瘫坐了下来,看着她,那眼神仿佛一个受了伤的孩子,却又过了可以想哭就哭的年纪。

雨渐渐和缓。雨滴落在车厢顶部,落在站台附近散落的钢板上,变缓的雨声此刻变得更加突出,温和的雨声。

马蒂尔德意识到,她只是想得到对面这个男人的信任。她靠在座椅浸湿的靠背上,看向他。她合上双手放在腿上,仿佛正准备祷告一般。

"我孤身一人。我父亲去世的时候我只有一岁。我的

聂鲁达的第一道光

母亲那时二十三岁。我们相依为命。她叫玛丽亚，出生在阿根廷的一个靠近乔斯马拉尔①的小村子里。她是独生女，她的父母有一片美丽的烟叶种植园。我小的时候，她以她的语言描述，带着我游历这个种植园，不下一百次。每天晚上，为了哄我入睡，她就会给我讲那植物的叶子在阳光下是怎样的美丽。在她向我描绘她的世界里的景象时，我能感受到她的快乐。她给我讲解她怎样学着用晒干的玉米叶制作雪茄。她必须选最中间的叶片，因为最嫩。她跟我说她的父亲，每次提到他都会加上'好人'这个词。是的，听起来我的外公的确是个好人。他非常喜爱动物，而动物们也都能以某种神秘的方式理解他。后来发生了瘟疫，许多人都死了，也包括我的外公。我的外婆成了寡妇，她名叫桑托斯，那时候我的母亲才八岁。每当收获的季节来到，收购烟草的人就会上门。有天早上来了一个家伙，我的母亲很不喜欢他。第二天那人又来了，后来又一直来。他想追求我的外婆。几个星期后，他开始住在种植园里。他把人和所有的烟草一起据为己有。我的母亲开始恨他，起先是默默地，后来就公开地。他每晚都喝得大醉，然后

---

① 乔斯马拉尔（Chos Malal），阿根廷城市，位于阿根廷西部内乌肯省，与智利邻近。

就砸家具、盘子，还有镜子。我的母亲和外婆逃到种植园深处，躲在大叶片里，在寒冷的夜里、在月光下，蜷抱在一起。一天晚上，我的母亲一个人跑走躲了起来。那人骑上马，在烟草丛中挥着鞭子找她。我的母亲大气都不敢出，一直等到他走远，才向一个亲戚家逃去。她走了八公里，光着脚。到那个亲戚家时，她的腿和脚都已鲜血淋淋。

"巴勃罗，我的母亲就是这样长大的，时刻紧握着拳头，活在对死亡的恐惧中。终于有一天，家里来了一位宝石商人。他叫荷西·安格尔。他有金色的头发、蔚蓝的眼睛。我的母亲那时还很年轻，不知道该如何面对这个一直用温柔的眼神看她的男人。荷西为了看她又回来了很多次，送给她很多礼物。最后，她同意嫁给他。我觉得我的母亲并不爱他。但她一直对那个男人很好，因为她觉得他是来保护她的。他们一起生了五个孩子。那个男人很帅。他们后来一起搬去了阿根廷南部的一个地方。我的母亲告诉我，那是个荒无人烟的地方。每天她都感到一种可怕的荒凉。她开始害怕自己会因孤独而死去，便央求我父亲带她去智利。而他，愿意为她做任何能让她快乐的事。他们出发上路，到奇廉①时他们停下了，买了一座房子，还带

---

① 奇廉（Chillán），智利城市，位于圣地亚哥以南约四百公里处。

有一片漂亮的田地。后来，我出生了。是他们的第六个孩子，也是最后一个。我跟在我的母亲身边长大。一天早上，当我对着镜子梳头时，她对我说：'那时候我已经没想要孩子了，但是你来了。而我很开心。'她亲吻了我的额头，然后我们一起去地里给土豆浇水。有一天我们去墓地，在父亲的墓前祈祷时，我问了她一个问题：'妈妈，你爱过他吗？'她沉默了很久。我知道她不想给我带来痛苦。最后她抚摸着我的头发说：'我不知道。但也许这种巨大差异之间的结合所产生的，就是爱吧。'

"为了生存，我们不得不把在奇廉的房间租出去一些。我的哥哥们都搬去了其他地方生活。我和我的母亲一起，她用黄麻袋给我缝衣服，所有人都以为我是独生女。

"有一天，她对我说：'我们离开这儿吧，马蒂尔德。你得上学。我带你去圣地亚哥。'我那时十三岁，然后我来到了这里生活。我去读了商业专科学校，毕业后就开始在工厂里上班。我能攒下的所有钱，全都花在了学习声乐上。每到月底的时候，我连坐火车的钱也没有。我认识了一个名叫克里斯蒂娜的女孩。我跟她很要好。我们俩在商店橱窗前盯着一块蛋糕，然后都笑了起来，因为我们买不起，我们去看漂亮的鞋子、美丽的丝袜、可爱的帽子，它们对我们来说都太贵了，所以我们就总是笑笑。我们学会用笑来克制自我怜悯的欲望。唱歌方面我的进展不赖。我成功进入了市政剧院的合唱团。两年后,有人开始来找我演一些剧中小角色,像是《修女安洁莉卡》《曼侬》《罗恩格林》。接下来虽然很艰难,但情况慢慢开始好转。现在他们开始奉承我了,说我的声音很美。我当然不会相信。下一季,他们请我演《茶花女》①中的维奥莱塔。在这四十三天里,我本该跟着我的老师学习,但我甚至连一次都没去过他那里。他可能以为我死了,或是疯了。事实上我就是疯了。我正在迷失我自己。这就是我要跟你说的。我的消瘦和恐惧让我意识到,我应该把这些和你分享。我有一个美丽的外婆,却被人像奴隶一样对待。我的母亲一直被她的继父殴打、追赶和伤害——为了拯救自己,她走进了一个毫无激情的婚姻,就已经算是幸运的了。我呢,除了我自己,什么都没有。现在你懂了吗,巴勃罗?我只是想唱歌。我对《茶花女》感兴趣并不因为它能让我出名。夜晚,在歌剧舞台上演唱的时刻,无论我演哪个角色,是唯一能保护我的时刻,让我不受那个骑在马上找我和打我

---

① 《茶花女》(*La Traviata*),意大利三幕歌剧,首演于1853年,改编自小仲马的同名名著,由剧作家弗朗西斯科·皮阿维改编为歌剧脚本,作曲家威尔第作曲,女主人公为维奥莱塔。

的男人欺辱。

"爱情意味着激情，巴勃罗。也意味着能量。爱情会变得危险，变得残酷。这些天里，你用你那纯洁的眼睛寻找着我。在圣地亚哥千百次的穿行让你的体力耗尽。我给你带来了这么多痛苦，令我很沮丧。但我也害怕失去我心头仅存的那一点点痛。还有一件事，我想告诉你。那第一个我们一起散步的晚上，我告诉过你我住的那条街的名字。但是你没听见，巴勃罗。你没记住。诗人嘛，有时会沉迷于话语的音韵而错过其中传达的信息。我爱慕你，也正因为你是如此。还有一件事是你需要知道的——这件事你没有问过我，我也没有告诉过你。我今年三十四岁。"

一辆火车缓慢地从远处的站台驶来，一束黄色灯光刺进马蒂尔德和巴勃罗所在的车厢。她感觉聂鲁达在哭泣。然后，在短暂的沉默之后，他终于发出了很小的声音："我四十二。"

她站起来，停了一下，然后在他的身旁坐下，头靠在他的胸前。他用左手环抱住她，从裤子口袋里拿出一条绿色的旧手帕为她擦干额头、脸颊和嘴唇。

"你要自由，马蒂尔德，我求你，你应该是自由的。如果你愿意，就来见我。如果你愿意，就来找我。不会有人夜里在烟叶丛中追你。我不想为了我自己而拥有你，我不想占有你，我只想了解你，一直了解到你还没出生时的世界。"这节车厢孤零零地停在死寂一般的站台上。雨停止了。车站铁轨上残留的水滴保留着关于暴风雨的记忆。他们相互拥抱着，却又难抵困意。此刻的两人都意识到，他们终于能够欣然入睡了。一周之后他们又再见面。然后，什么招呼也不用打，她会出城去，回来时，他们就再见面。他也会出去。然后回来，他们又再见面。仿佛奇妙的钟摆，在他们身边玩着捉迷藏的古老游戏。

那天晚上，在合眼入睡之前，聂鲁达把马蒂尔德紧紧搂在身边，对她说："我们生命中的症结，马蒂尔德，不是不要去犯错。我们生命的症结，是犯下正确的错误。"

火车驶入罗马火车站。德·鲁奇亚扣上纽扣、穿上外套。弗朗泽在金属烟灰缸中灭掉最后一个烟头。聂鲁达站起身，与卡普拉拉的目光相迎——他的眼中闪耀着那不勒斯式的高傲神情。十多个穿着警服的警察走近五号车厢时，慢慢停了下来。门开了，德·鲁奇亚第一个下车，向罗马的同事亮明身份，同时递上一个蓝色文件夹，上面写着那不勒斯警察局，标题：驱逐聂鲁达。律师迅速下了车，并强势抓住了警察们的注意力："我是马西莫·卡普拉拉，帕尔米罗·陶里亚蒂参议员的特别秘书。"在一片呼喊声中,四位先生从人群中挤到了他们面前。"这几位就是参议员先生。应该没必要提醒我们的警务人员,在我国是有议会豁免权的。巴勃罗·聂鲁达大师是受我们保护的。"

诗人出现在五号车厢门前。一阵高呼声响起,包围着他,打破了车站平常的那种持续的低频噪声:"聂鲁达必须留在意大利!"站在诗人身后的弗朗泽小声说:"我早就想到会是这样……"

突然间,那些原本看似正在安静地候车的乘客的人流一齐拥向这节车厢,有几百人。他们高喊:"聂鲁达!聂鲁达!聂鲁达!"迪莉娅被淹没在人群中。"我是他妻子!让我过去!我是他的妻子!"搬运工们也把他们的推车丢在一边,跑去看发生了什么事。人声鼎沸之上,一个女人的声音响起:"德·加斯贝利滚蛋!诗人留下!"随后,一名铁路工人强有力的呼喊声响彻整个十三号站台:"奥地利人①滚蛋!德·加斯贝利滚蛋!"抗议的呼喊声震耳欲聋。乘客、清洁工、检票员都纷纷从其他站台跑过

---

① 时任意大利总理的德·加斯贝利的出生地Pieve Tesino是意大利北部一个小镇,在他出生时(1881年)属于奥匈帝国,第一次世界大战之后该地区被划归意大利。

来声援。"谢尔巴滚蛋!"接着又有人喊:"聂鲁达留下!聂鲁达留下!聂鲁达留下!"诗人的脚步在车厢踏板上停下,他看着德·鲁奇亚,仿佛在说:"我下去的话会发生什么事?"警察行动队的指挥官冲着卡普拉大喊:"驱逐令已下,我们必须执行!四十分钟后有一班车开往瑞士,诗人必须上那辆车!"

"那个驱逐令是在滥用职权,"卡普拉拉坚定地回答,"是在破坏个人自由这项最基本的权利。我提醒您,这个国家是共和国。保护人身自由的所有国际规约也都是对聂鲁达有利的。让您的人撤回吧。"

指挥官慌了,示意一个中士去请求增援。这地狱一般混乱的场面,因为进出车站的火车轰鸣声,显得愈发失控。迪莉娅把手举过头顶示意:"巴勃罗!"聂鲁达用眼神告诉她要保持冷静。"这不是罪犯!他是位诗人!"这是阿尔贝托·莫拉维亚[①]的喊声。聂鲁达认出了他。再远一点儿,他还看到了雷纳托·古图索[②],他正用身体阻挡

[①] 阿尔贝托·莫拉维亚(Alberto Moravia,1907—1990),20世纪意大利最重要的小说家之一,新现实主义文学代表人物。
[②] 雷纳托·古图索(Renato Guttuso,1911—1987),意大利画家、政治家,社会主义现实主义运动代表人物。

那位受命召唤增援部队的中士。卡尔洛·莱维①挥舞着一束白玫瑰，呼喊着巴勃罗的名字。人群推搡拥挤起来。一名记者高喊道："我们要看驱逐令！"警察试图将人群向后驱散，却被人群挤到了车厢面前。一位警察拔出警棍开始打人。战斗一触即发。莱维的玫瑰掉落在地。人群向警察们挥起了拳头。聂鲁达认出了艾尔莎·莫兰黛②，她正用丝绸遮阳伞砸向一位警队长的帽顶。战斗在人流中扩散开来。人们被冲散，又重新聚集，并肩而战。而此时，高呼诗人名字的声浪已响彻罗马火车站上空："聂鲁达！聂鲁达！聂鲁达！"

忽然间，巴勃罗的注意力被一股来自下方的力量吸引。远远地，在四五个月台之外，他似乎看到了马蒂尔德的脸。他的意念竟神奇地调整了视觉的焦距——他觉得她的脸近在眼前，比身边所有打斗的人都更清晰、更具体。她正看着聂鲁达，但当她刚来得及挥起手试图向他示意时，一辆火车恰巧从马蒂尔德所在轨道驶进来，一秒之内马蒂尔德就消失了。一小股冷汗从聂鲁达的背上流下，

---

① 卡尔洛·莱维（Carlo Levi，1902—1975），意大利犹太人，画家、作家、活动家及医生。
② 艾尔莎·莫兰黛（Elsa Morante，1912—1985），意大利小说家、短篇小说作家、诗人，莫拉维亚的妻子。

一口气卡在胸前。站台起点一端,六七名警察正挤过来,大声喊道:"都解决啦!让一下!大家保持冷静!都解决啦!"一位官员设法突破围攻的人群,来到距离五号车厢数米远的地方,冲着指挥官大喊:"内政部来了电话电报!驱逐令取消了。聂鲁达先生现在可以留下来了!"

欢呼声震翻了车站的拱顶。古图索鼓起掌来。莫拉维亚鼓起掌来。艾尔莎·莫兰黛举起了伞,仿佛高举着胜利的长矛。所有人都开始一边高呼一边跺脚:"聂鲁达!聂鲁达!聂鲁达!"弗朗泽对诗人低声说:"比威尔第的《游吟诗人》还妙!"

巴勃罗笑了,但视线仍然看着下方,马蒂尔德刚刚出现过的地方。那辆让马蒂尔德从他视线里消失的火车重新出发了。视角开阔起来,可她已经不在那儿了。这种不安定的折磨,源于爱情中最诱人的幻象:"我真的看见她了吗?"

5

无须做爱

"我心爱的人儿何时来,看望他忧伤的女伴……"①

凌晨2点,马蒂尔德一个人在房间。她坐在床边,轻声哼吟。美妙的音符从她残存的一丝气息中悠悠飘出。歌剧《妮娜,为爱疯狂》中的歌词从半开的阳台上,飘向那不勒斯菜园街,如同被热风轻触的海浪般轻盈灵动。"这

---

① 本节中引号内的歌词出自意大利作曲家乔瓦尼·帕伊谢洛于18世纪创作的歌剧《妮娜,为爱疯狂》中最著名的唱段"我的爱人何时来"(Il mio ben quando verrà)。

里将会繁花似锦,阳光下的海滩……"

聂鲁达站在车厢边的台阶上被人群包围着的画面,像一张网映在马蒂尔德的眼眸。这世上刺灼着他的恨有多少,拥抱着他的爱就有多少。许多国家都恨不得他死,不再出现;但世人又爱慕他的每一个诗句,它们就像一剂良药,能缓解孤独和不公。"可是我还没见到他出现,唉,我心爱的人儿会不会来?……"

他看见人群之中的马蒂尔德,身上散发着莫拉维亚式的自豪,充满了艾尔莎·莫兰黛在与警察短兵相接时那令人动容的能量,带着古图索式的傲气,用她那"海军上将"①般的目光震慑住了武装执法人员的傲慢。此刻他又看到了卡尔洛·莱维那孩子般纯净的眼眸,他正努力从这疯狂错杂的人群中挣脱出来,只为给诗人送上一束白玫瑰。

在众多拥趸呼喊之上,响起了聂鲁达妻子的高呼,这却令马蒂尔德不得不放弃,离开了火车站。一列进站的火车使她周围的场景忽然间暗下来,就像舞台落下的帷幕,

---

① "海军上将"的典故出自古图索1951—1952年的油画作品《海军上将桥之战》(Battaglia di Ponte dell'Ammiraglio),刻画了意大利共产党将士英勇战斗的形象。

成为观众呼喊和致谢的对象。"他现在会在哪里?他出发去瑞士了吗?还是停留在罗马?我什么时候能再见到他?关键是,我还会再见到他吗?可我还未见到他出现,唉,我心爱的人儿会不会来……"

寂静的马尔古塔街上,一个男人独自走着,眼神如少年般困惑无措。内心的激动让他感觉到颈部血管的跳动。在这渴望即将达成的时刻,他的呼吸急促起来。街边传来的悠悠歌声就像一阵暖风,温和了1月的寒冷。巴勃罗·聂鲁达在那不勒斯菜园街的拐角处停下,向上看去。他看见一道柔和的光从顶楼的破旧木制百叶窗里透出。他看了一眼大门,是的,是三号。他想立刻去按门铃,但本能制止了他,因为于他,本能并非促使他冲动行事的力量,而是瞬间激发的智慧,能够触发内心深处的动态。在这个夜晚,此刻,马蒂尔德的声音就是他应尽情享受的一切。他需要让自己经受这创伤,被这独自轻声吟唱的女人的孤独心绪所伤。六年前在圣地亚哥那花园里他没能理解的歌词,现在正是再听的时候。

"当他告诉微风,他的爱恋和无尽的忧愁,温柔的鸟儿啊,会教给他更甜美的歌声。但我还未听到。有人听到了吗?哦,我心爱的人沉默不语。"

聂鲁达靠在帕特里奇侯爵宫墙壁上蔓延的攀缘植物的叶子上,试图稳住呼吸。他把双手放在口袋里,拳头紧握着,希望时间就此静止。"慈悲的回声啊,我的眼泪已令你疲惫不堪,他再次出现,温柔地请求你,做他的新娘。"

"为什么我会爱上一个歌女?为什么?"聂鲁达确定这个问题只是在他脑海里反复出现。可是他并没有意识到他的唇间也一直在念叨着,虽然没有发出声音,仿佛某种古老祷告的重现。

"等等……他在叫我……等等……唉……噢上帝,他根本不在……"

歌声停了。在上面顶层的小房间里,马蒂尔德正看着自己的双膝。

聂鲁达一动不动地定在那里,他的眼睛火辣辣地痛,因为他甚至没有眨过一次眼。只有两种方法能帮他消除时间流逝的感觉:写作和爱。现在他微笑起来,慢慢地,又吹起了口哨。那声音尖厉,完美地复制了百舌鸟的声线。他吹了三次,每次都一样,接着第四次、第五次。马蒂尔德觉得这声音就像是休止符,能平复夜晚躁动不安的心绪。她看了看房间里的家具、墙壁,然后起身,向阳台走去,微微打开木百叶窗,然后又完全打开。她靠在栏杆上,看看屋顶,俯视街道。她看到了他,是聂鲁达。他几乎完全处于黑暗中。他的身形就像只有寥寥数笔的素描稿,这也只能是他的轮廓——那身高、宽阔的肩膀、优雅而朴实的大脑袋。他继续发出百舌鸟般的口哨声。本能也克制了马蒂尔德的行动,她并没有立即冲下楼梯,而是留在阳台上,享受着同样的疑惑。她没有意识到自己在哭,直到她感到泪水顺着她的胸口缓缓滑下。她也没有意识到她在微笑,没有意识到她的手正紧紧抓着栏杆。她甚至没有意识到自己打开了房门,摸着黑跑下了楼梯,没有意识到自己打开了大门,瘫倒在聂鲁达的怀中。

他对她说:"你哭了。"

她回答:"没。"

他小心地用食指尖拾起一滴泪水。她看着他说:"还真是呢。"他久久地亲吻了她被泪沾湿的嘴唇。血液如泉水般从他的骨骼、肌肉和筋腱之间喷涌而出。言语已不再重要,那些将希望、痛苦、未来和过去的每一天编织起来的言语已不复存在,不能准确地表达现实。现在剩下的只有肉体的感受,颠覆了此前精神的绝对统治。

"你没穿外套就下来了。"他说。她自己在那一刻才意识到,并笑着承认。聂鲁达把他的黑色风雨衣搭在她身上。他牵着她的手,他们一边走一边互相对视。他们走出狒狒街,向人民广场走去。他们愉快地走在昏暗的路灯下，手牵得更紧了，想要确定这一刻是真实存在的。穿过几乎一片漆黑的广场，走过一个大台阶，就到了萍丘花园①僻静的最高处。栎树的影子耸立在黑暗中，和闪耀着霜花的雕像交相呼应。巴勃罗和马蒂尔德坐在石凳上，看着远处屋顶勾勒出的天际线，不时有海鸥缓缓飞过，留下点点斑迹。

"驱逐令延期了。"

"所以你会留在这里吗，巴勃罗？"

"会留几天。"

"你住在哪里？"

"大人物卡普拉拉安排我住在他的一个议员朋友家里。"

"那你在这个时间出门，人家没说什么？"

"他没看到我出来。"

"没有看到你？那你是偷偷溜出来的？"

"是。"

"那你怎么再进去呢，巴勃罗？"

"我睡在你这里。你会收留我吧？"

---

① 萍丘花园（giardini del Pincio），位于组成罗马的七个山丘之一的萍丘（Pincio），能够俯瞰著名的人民广场。其历史可追溯到古罗马时期，此处提及的（即现在的）萍丘花园，由意大利建筑师瓦拉蒂（Giuseppe Valadier）于19世纪初期设计建造。

"会。"

"既然事情已经发生了,明早他看到我回去,我只会对他说一句话。"

"你会跟他说什么?"

"我会跟他说,参议员先生,沉默是金,正如爱情。"

"会不会有警察跟着你?"

"警察在参议员的家门口待到午夜之后就会离开。在罗马,睡神是众神中最受爱戴的。"

"你的妻子也去了火车站。"

"没错。我只跟她说了一分钟话。明天她就会回布宜诺斯艾利斯。"

"巴勃罗,我看得出她的绝望,也看见了你看她的眼神。我觉得我不能介入到你们两人之间。这是不对的。我们彼此爱慕,甚至更甚于此,但你的生活终究是和她在一起的。"

"马蒂尔德,我也曾这么认为,但我发现事实并非如此。经历了许多煎熬,我才弄明白。我认识迪莉娅十八年了,和她分开就像是和自己说再见,绝非易事。在我和你相遇后的一段时间里,我总是感到内疚,这种负罪感紧紧地扼住我的喉咙。但我无法抗拒对你的爱慕,这种负罪感使人感到迷惑,给人造成一种幻象——似乎我们仍爱着对方,而令对方也以为仍被我们所爱着。我希望她好,永远希望。但是，对一个人的感情应该取决于一种比心理习惯还要更强大的自然法则——那就是真挚。如果我们想要挽救我们所在乎的那棵树的根，我们必须有勇气斩断枯枝。现在，对我来说，希望迪莉娅好并给予她自由，是同样的道理。你冷吗？"

"不冷。"

"看来今晚你总是说不。你是在笑吗？我学百舌鸟的叫声学得怎么样？"

"完美。"

"后天我回那不勒斯。我会告诉你什么时候可以来和我会合。然后我们一起去卡普里岛。"

"去卡普里？"

"阿利卡塔有一位朋友，在等待意大利对我是否有罪的判决期间，他愿意为我提供一个住处。"

"但，我去的话，他们会怎么说？"

"你是我的爱人啊。"

"别开玩笑，巴勃罗。他们并不一定会接受我。况且，警方和报纸正等着找机会破坏你的生活。"

"卡普里是一个世外桃源，英国人专门跑去那里，就是为了做一些在其他地方不能做的事。与几个世纪以来在那里狂野奔放、声色犬马的人们相比，我们简直是苦行僧了。我们就去那里。你来吗？"

"我来。"

花园深处传来一个人的脚步声，越来越近。那人穿了一件浅色的风雨衣。巴勃罗和马蒂尔德对视了一眼——可能又是便衣警察。

"晚上好，女士！"

"哦是您，晚上好。巴勃罗，昨晚在卡诺瓦酒吧，是这位先生非常好心地借给了我他的手帕，因为当时我正哭呢。对了，我得把手帕还给他。"

"不用，您留着吧。"

"巴勃罗，我向你介绍一下，这位是朱塞佩先生。"

这个蓝眼睛的年轻人在诗人的眼中捕捉到一丝隐秘的嫉妒，而这嫉妒透露出浓烈的爱情。他想让诗人安心，因为他自年少时就爱上了他的诗句和他的真诚。他握着诗人的手，突然微笑着自报家门："我是朱塞佩·帕特罗尼·格里菲①，很高兴认识您，聂鲁达先生。古图索向我讲述了在特米尼火车站发生的'粗鲁的骑士'的故事，我真为您感到高兴。请您一直写下去，不要停。的确，通常

---

① 朱塞佩·帕特罗尼·格里菲（Giuseppe Patroni Griffi，1921—2005），意大利导演、戏剧编剧、作家，那不勒斯人。

不该在寒冷中谈情说爱的,不过你们在这儿如此享受美好的二人世界,我看却是个例外。你们什么时候结婚?如果两个人笑得这样开心意味着他们并不需要结婚,但一定会结婚的。但是请允许我告诉你们一件事:彼此相爱的两个人,真正相爱的两个人,应该买两个金戒指,到最近的教堂,在门口随意抓两个路人并恳求他们做证婚人,然后说服牧师立即举行婚礼,并在圣坛交换戒指,要发誓他们不会再结下一次婚了。我就说这么多,晚安。"

聂鲁达笑了笑,马蒂尔德也笑得很开心。帕特罗尼·格里菲迈着他豹子般疲惫的步子走开了,消失在梧桐树的树荫中。

"你每晚都这样哭吗?"

"就这一次。你总跟我说我的形容词用得太多了,现在不会还要责怪我流眼泪吧。"

"听着,你愿意和我一起去罗马特米尼火车站吗?"

"什么时候?"

"现在。"

"但是巴勃罗,去那里做什么?"

"我们先叫辆出租车。然后你就知道了。"

凌晨 4 点 30 分,聂鲁达和马蒂尔德走进火车站。睡意仿佛一张看不见的网状薄膜,蒙在零落的旅客、搬运工、酒吧服务员的脸上,也落在一排棕色的火车头上。

"马蒂尔德,我看到你的时候,你在哪个站台?"

"那个吧,我觉得。没错,八号站台。"

"你过去,拜托。快去那儿,别问我为什么。"

马蒂尔德把风雨衣还给巴勃罗,然后慢慢走过去,而巴勃罗则向十三号站台走去。寒风中,一个破喷泉口断断续续地涌出几股水流,汇入铁轨边的一条水沟中,几小时前,火车就是沿着这条铁轨将聂鲁达带到了罗马。此刻聂鲁达转过身,看向八号站台,但是他的视线被停在十一号站台的一辆货车挡住了。再等一下吧,他想着,然后沿着大理石人行道来回踱步。他装上烟斗,然后点燃。 5 点 10 分,货车动了,准备发车,然后终于走了。最后一节车厢飞驰而过,马蒂尔德出现在他的视野中,她站在那里,穿着一件普通的白毛衣和黑色的裙子,一动不动。巴勃罗看着她,她也看着巴勃罗。他穿过十二号站台,接着十一号、十号、九号。穿过八号站台的枕木和碎石子,终于来到了她身边。

"马蒂尔德,就这样一切重新来过。永远都可以。"

他吻了一下她的手,还有她的额头。

早上7点,在那不勒斯菜园街有一只真的百舌鸟在吹口哨。

巴勃罗和马蒂尔德躺在床上,她看着穿过百叶窗的阳光,而他看着她。

"松开我的手,马蒂尔德,现在再握紧。好就这样,松开,再松开一次,然后再握住它,让我们彼此紧握。"

"这是什么玩法,巴勃罗?"

"这是一个意义重大的游戏,它能让我记住,你就是上天赐予我的奇迹。"

"一个微小的奇迹,微不足道的奇迹。"

"马蒂尔德,有些爱情,与某些宗教非常相似,比如圣徒禁食,就像真正热恋中的人,压抑自己原始的欲望。"

"你说得对,有一种非常神秘的关于爱的理论。身体欲望的克制是必要的,身体的存在最终将成为传达思想的载体。"

"马蒂尔德,我爱你并不是因为你是马蒂尔德,我爱你是因为你代表所有人。在我的生命中有那么一刻,我意识到我不再关心我的诗句之美,不再在意我在创作中所体现的美学天分。若能让一个孩子的生命延续,哪怕只有一个小时,我愿用所有我写的书作为交换。我原本只关心人与人之间的和谐共处,而你能提醒我注意到每个人本身。你的脸上既闪耀着未来的光明,也承载着垂暮的不幸;你的手心里仿佛有个食不果腹的小女孩。真的,我没有夸大,马蒂尔德。就是这样的,在你的眼里,有智利的力量。"

"你有一种魔力,巴勃罗。即使你不在我身边,也能让我感受到你的保护。"

"你知道为什么我们无须做爱吗?"

"我不知道,巴勃罗。为什么?"

"其实我们整晚都在交欢,有很多方法可以让我们触及彼此。"

"没错。正如我们现在这样。"

"马蒂尔德,当我们很爱一个人时,我们应该保护她,但保护并不仅仅意味着要在一起或是拥抱着。我们所爱的人,是我们想要一直看着的人。我们还应该保护她,避免我们过度关注的目光使她受到伤害。我们所爱的人是一本我们永远不想读完的书。我想看着你。"

"我也想看着你。我想一直能见到你。你看,第一道晨光多么美丽。"

睡意在不知不觉中蔓延到床上,到两人的腿上,到她的眼睛,到他的右手上,他的右手紧握着马蒂尔德的左手。幸福至极,恍若死亡已接纳他们并使他们沉睡。他们进入梦乡,梦境接踵而至。也许聂鲁达会听到一个声音:

"聂鲁达,巴勃罗·聂鲁达,开门。"

6

海的冷漠

"聂鲁达,巴勃罗·聂鲁达,开门。"

有人敲门,敲了三次。聂鲁达醒了。但他刚才真的睡着了吗?他不知道自己是怎么醒过来的。在他很小的时候,睡眠对他来说就是一场奇妙的幻影之旅,在白天是绝对无法看见的。而且他也总搞不清自己究竟是在梦中度过了一夜,抑或整夜都是醒着的,因为这些奇特画面的出现,让他觉得始终处在苦涩又迷人的失眠之中。

"聂鲁达,巴勃罗·聂鲁达,开门。"

那人反复喊着。又是警察的例行拜访,即使在罗马这里也一样。在深深的黑暗中,他伸出右手寻找马蒂尔德,她不在。于是他想去开床头柜左边的灯,却没有摸到床头柜。他又向右边摸索,找到一个开关,按下去,一盏有着绿色玻璃灯罩的灯打开了。他突然意识到自己并不在那不勒斯菜园街的房间里,也不在罗马。这里是他在黑岛家里的卧室,面朝太平洋。

"聂鲁达,巴勃罗·聂鲁达,开门。"

现在,巴勃罗听到些更柔和的声音,还有好几个人的脚步声。他的房门开了,马蒂尔德走进来,努力保持着微笑。在她身后,是两名年轻的士兵。一个人拇指始终扣在皮带上,另一个人摩挲着枪套。马蒂尔德走近床边。

"巴勃罗,这两位先生是来找你的。"

"请坐。你们找我有什么事吗?"

两个士兵穿的绿色军装,和所有的军装颜色差不多。这种墨绿色在某些特定的时刻,看着像一种奇怪的灰色。这用来展现权威的形式主义真是无聊,巴勃罗心想。两人中的一个有中尉徽章,他说:

"您是巴勃罗·聂鲁达?"

"是的,我是。"

"请出示您的证件。"

马蒂尔德打开一个小写字台中间的抽屉,把护照递给他。

"照片不错,但是很久以前的了。"

"是的,中尉先生,"聂鲁达回答说,"时间流逝,也留下了痕迹。"

"从今天起,您无论有任何理由都不能离开这个房子,我们会时刻监视您。"

中尉向他的同伴施了一个眼神,两人便离开了。他们的脚步声渐渐远去,随着砰的一声关门声彻底消失。

马蒂尔德倒退着走过一个个房间,她的种种思绪一下子杂乱地交织在一起。此刻,家里的地毯、人偶、沿着墙边精心排放的摆件,都因这两个士兵蛮横的造访而变得暗淡无光。

"我认识巴勃罗二十七年了,当权者的视线从未离开过我们,无论到哪里都有人跟踪我们,甚至想要监控我们的呼吸。现在也是,我的脚步也不会像之前那样轻松自如了。他们的玩法很明确,这会儿不抓你,但要日复一日地腐蚀你的思想。他们强迫你注意到他们,不过这也有好处,直面他们意味着检验自己的勇气。你们不会得逞,我会和巴勃罗并肩战斗,你们绝不会得逞。尽管来监视和折磨我们吧,这一刻的胜利只是幻觉,只会让你们最终受到历史的唾弃和掩埋。"

走进巴勃罗的房间之前,马蒂尔德努力对他挤出微笑。她知道他也会这么做,她知道两人都会装作若无其事让对方放心。她看着他的眼睛,没有言语却心领神会。他们知道彼此都在假装,为了保持温暖宁静的气氛。他们觉得这很有意思,就像爱情的模样。

"马蒂尔德……"

"巴勃罗……"

"那我们现在是在黑岛吗?"

"你想我们在哪里?"

"一分钟前,我还在罗马。"

"在罗马?"

"没错,在那不勒斯菜园街。"

"不过,巴勃罗……"

"你别笑,我和你一起在那儿,就在那个公寓楼你的房间里。那是一种很特殊的感觉,我们躺在床上,就我和你,是真的。就是那次我们在萍丘花园待了一晚上,刚刚回到房间的时候。对了,你还留着那位好心的先生给你的手帕吗?"

"朱塞佩的手帕吗?应该是放在哪个地方了……"

"这太不可思议了。小时候,我总是很难理解睡眠意味着什么，清醒又意味着什么。然而最近这段时间，睡眠和清醒的界限变得更加模糊了。而且这种感觉很强烈。就在刚才，我还看到你躺在罗马那个房间的床上，你穿着白色毛衣、黑色的裙。"

"可是巴勃罗，那是 1952 年的事了。"

"我知道，现在是 1973 年，今天是 9 月 11 号。"

"没错。"

"你还想怎么样呢，马蒂尔德？这场爱情之旅迟到了二十一年，又或许，那天晚上在罗马，我们的爱情提前了二十一年启程。"

"你能起得来吗？"

"我想应该可以。虽然疼痛感很强烈，但至少现在我可以与它和平相处。你能把那条蓝色领带拿给我吗？谢谢。其实，实际的样子比我们想象的清晰得多。"

"你指什么？"

"死亡。人快要死的时候，往事便不断回放，带有那种鱼儿努力想要逆流而上的绝望。"

"你说谁要死，巴勃罗？"

"是我，马蒂尔德。我得了癌症，我想这是死亡将近的最明确的信号了。当然，这是一个没有写明确切时间的邀请函，但关键信息都有了。"

"有些邀请也可能会被回绝。"

"是的,但需要些充足的理由。"

"我就是一个充足的理由。"

"你可坚强了。最纤柔的芦苇才能在暴风雨中存活下来呢。另外,今天我已经签好我的遗嘱了。"

"对了,塞尔吉奥要迟到一会儿。"

"他是司法部长,马蒂尔德,这很正常。他能这样帮我完成这些最后的心愿已经很不容易了。"

"他还会把以你的名义成立的基金会的章程拿过来,可能还有那幢楼的模型,将来你的手稿会保存在那里。"

"好,如果他来了,我可以一并签字。这种有条不紊地把事情安排妥当的感觉,我总是很喜欢的。"

"巴勃罗,医生说我们还可以再试试……特别是如果我们离开智利……去瑞士的话,那里有两个非常先进的医疗中心可以医治你。"

"我是不会离开智利的,马蒂尔德。我这一辈子,从没有错过那些重要的时刻。"

"是啊,就像所有的箭都会寻找靶心一样,到最后生命的终点,就是死亡。"

"没错,生命的终极目标就是死亡。从出生起,我就一直在向着这个目标前进。能从自己的家、自己的衣服、自己的身体中脱离出来,应该是一件很奇妙的事情。"

"到那时候就不会再有任何警察监视你,巴勃罗,也不会再有任何士兵让你出示证件。"

"也不会再需要穿礼服,马蒂尔德,没有什么诺贝尔奖要领。"

"不会再需要什么甜头,来满足我们那微乎其微的虚荣心。"

"不会再有欲望、恐惧、彷徨。尤其是,不会再彷徨。我们不会再纠结自己究竟是谁,自己做的是对还是错。"

"我们会变成玫瑰、石榴、蒸汽或雨滴。"

"没错,这些都和我们的地位和身份无关,无论我们会变成什么,最终我们都会放下对自我定位的焦虑。希望我们在得以与整个宇宙融为一体之前,不要经历太多波折。把窗子打开吧。死在离大海很远的地方?那可不行,过来,你看着它。"

"漂亮极了,聂鲁达先生,但现在,请你拥抱我。"

"你想要一个什么样的拥抱?交替押韵还是连韵的?"

"无韵的,阁下。"

"遵命。米格尔·瓦拉斯[①]还没有来……"

[①] 何塞·米格尔·瓦拉斯(José Miguel Varas,1928—2011),智利作家、记者,于2006年获得智利国家文学奖。

"他会来的……"

"他答应会把第一本我的《英雄事业的赞歌》①带给我。就在今天出版,你知道吗?"

"我当然知道。"

窗外一缕光线照进来,褪色的黄铜床架、写字台的纸张、每支铅笔、每把放大镜,都显得充满活力。巴勃罗和马蒂尔德拥抱着穿过每一个房间,她笑着,紧贴着聂鲁达的腰,细声唱着:"拿去,我已给你自由……留在你的祖国……没那么艰难,一天之内不会改变……不,不会……"②

她扶他坐在小客厅的扶手椅上,面朝大海。他微笑着,双手托腮。

"哦,马蒂尔德,你都唱起《爱的甘醇》了啊,你很久都没唱这段了。"

"去吃药吧,我去给你泡茶。"

聂鲁达打开收音机,路易斯·阿姆斯特朗③吹奏的小

---

① 原文为西班牙语 *Canción de gesta*,聂鲁达于1960年发表的组诗集。
② 选自意大利作曲家唐尼采蒂(Gaetano Donizetti)于1832年创作的《爱的甘醇》中的唱段"拿去,我已给你自由"。
③ 路易斯·阿姆斯特朗(Louis Armstrong,1901—1971),美国爵士乐音乐家,20世纪最著名的爵士乐音乐家之一。

海的冷漠

号声传出，就像欢乐的火把，照亮了整个房间。诗人轻抚椅子的木扶手。看着墙上上百只彩色鸟儿的画片，他在想，当我们即将与一切分别时，怎么就开始欣赏起这些小东西了呢。音乐突然中断了，收音机里发出无线电波的沙沙声，声音断断续续、模糊不清。过了一会儿，终于出现了一个清晰的声音。马蒂尔德把茶壶放在桌上，一转身就愣住了。那是智利总统的声音，萨尔瓦多·阿连德①的声音，他正在说："这恐怕是我和大家讲话的最后一次机会了。"聂鲁达屏住呼吸，盯着收音机，马蒂尔德站在桌旁，一动不动。"空军现在已经轰炸到波塔莱斯电台和广播公司的塔台了。我这样说并不是因为痛苦，而是感到绝望。希望那些违背诺言的人们会受到道德的惩罚：他们是智利的士兵们、最高指挥官们；任命自己为海军总司令的梅里诺②上将；还有门多萨③先生，这位卑鄙的将军昨天才宣誓

---

① 萨尔瓦多·吉列尔莫·阿连德·戈森斯（Salvador Guillermo Allende Gossens，1908—1973），智利医生、政治家、总统。1970年他作为人民团结阵线的候选人当选为总统。1973年9月11日在军事政变中以身殉职。

② 何塞·特雷波·梅里诺（José Toribio Merino，1915—1996），智利海军军官，曾担任智利海军总司令、军事执政委员会主席，是1973年智利政变主导者之一。

③ 切萨·门多萨（César Mendoza，1918—1996），智利军官、政治家，曾担任国民警卫队总司令、军事执政委员会成员，是1973年智利政变主导者之一。

将效忠政府，并任命自己为国家武警总指挥。"

马蒂尔德坐在聂鲁达旁边，眼睛看着收音机的方向，身体微微前倾，目光如梦游一般恍惚。"事已至此，我能做的只有告诉所有的工人同胞们：我不会放弃。在历史抉择的关键时刻，我将用我的生命来回应人民的忠心。"聂鲁达的右眼缓缓沁出一滴泪珠。"我还要对你们说，我相信我们在成千上万的智利人民心中播下的种子，不会彻底枯萎。"聂鲁达的泪水顺着脸颊滑落，但他始终面无表情，看不出一丝痛苦的情绪。"他们的军队可以击败我们，但社会前进的步伐不会因罪恶或暴力而停下。历史是我们的，是由人民创造的。"

马蒂尔德看着巴勃罗，他的脸仿佛一张大理石面具，泪水在脸颊上留下一道痕迹，又沿着颧骨的曲线向下滑落，她清楚巴勃罗此刻的痛苦之深。"祖国的工人同胞们，我要感谢你们一直以来对国家的忠诚，感谢你们始终相信我，而我只是强烈追求公平正义的人们的代表。我曾向你们承诺尊重宪法和法律，我也的确这么做了。在这最后的时刻，我只想对你们说，希望你们吸取我的教训：是外国资本、帝国主义和反动势力创造了条件，导致武装力量敢于破坏由施奈德将军①建立、阿拉亚指挥官②重申的传统。"除了萨尔瓦多·阿连德的声音，广播里还能听到一些杂乱的背景声音，沙沙声和总统的讲话交织在一起。为了将波段调得更准确，聂鲁达努力伸出右手调整收音机的旋钮。"我首先要向我们国家朴实的女性致敬，向她们之中信任我们的农民致敬，向努力工作的工人致敬，也向母亲们致敬，她们能理解我们对她的孩子是多么在意。我还要向青年们致敬，他们歌唱，将快乐和战斗精神馈赠给我们。我要向智利人民、工人、农民、知识分子和即将受到压迫的人们致敬，因为法西斯分子的恐怖活动已经存在一段时间了，他们炸毁桥梁、切断铁路干线、摧毁石油和天然气管道……历史终将对他们进行审判。"聂鲁达闭上眼睛，用拇指和无名指轻轻按压着太阳穴。"麦哲伦电台一定会被禁声，届时我平静而响亮的声音将无法再传到你们身边。但这并不重要，你们一定还能听见我的声音，因为我将永远与你们同在。至少，我会作为一个高尚的、忠于

---

① 瑞恩·施奈德·切罗（René Schneider Chereau，1913—1970），智利有名的民主人士、宪政主义者，阿连德的支持者，1970年任智利陆军总司令时遭国内右翼和美国中央情报局特工绑架后被杀。
② 亚图罗·阿拉亚·佩特斯（Arturo Araya Peeters，1926—1973），智利海军总指挥，阿连德的支持者，1973年7月27日被右翼分子枪杀。

劳动人民的形象，留在你们的记忆中。我们的人民，请保护自己不被消灭或屠杀，也决不要甘于受欺辱。祖国的工人同胞们，我相信智利，相信它的命运。这段被背叛笼罩的黑暗、痛苦的时刻，一定有人能够越过。"聂鲁达低下头，埋在胸前，手抹双眼。"大步向前走，你们会发现很快就能重新走上自由的平坦大道，走向一个更加美好的社会。智利万岁！人民万岁！工人万岁！这些就是我想说的最后的话，我相信我的牺牲绝不会白费，至少我确信，那些怯懦者与背叛者，会受到道德的严惩。"

阿连德的最后一句话伴随着强烈的干扰，之后收音机只发出类似狂风大作的噪声。马蒂尔德关掉收音机来减弱聂鲁达的痛苦，而后深深地吸着气。聂鲁达的右手垂落在椅子扶手上，他抬起头，睁开眼睛，刚才在眼里打转的第二滴和第三滴泪瞬间顺着脸颊滑落到他的脖颈，那是痛苦的泉涌。马蒂尔德看着他——这是她第一次看到他哭泣。现在，若能拥有朱塞佩想要的那种化学物质就好了——他一定十分赞成收集巴勃罗的这两滴眼泪，使之结晶封存，像晶莹剔透的珍珠那样，以便有朝一日能将它们献给自由解放了的智利。他可以说，这是诗人聂鲁达的眼泪，是为你们所有人，也为他的朋友萨尔瓦多·阿连德而流出的。聂鲁达面向地板，眼神仿佛一个无力的木偶，后来他终于有了一点儿力气,褪去了罩在全身的颓废的薄纱,看着马蒂尔德。

"一切都结束了,马蒂尔德。这就是塞尔吉奥和米格尔·瓦拉斯没有来的原因。我早就明白了——那两个士兵的到来已经说明了原因。"

"那阿连德接下去会做什么?"

"无非还得处理这些事情,马蒂尔德。"

"我打电话给塞尔吉奥,司法部或许能告诉我们一些现在的情况。"

"没用的,马蒂尔德。现在这样的情况,电话不可能打得出去。"

马蒂尔德举起电话听筒,发现电话线路不通。聂鲁达用眼神向马蒂尔德求助,伸出双手让她把自己拉起来。然后,他们一起,一步一步地穿过各个房间回到卧室。他躺下,头枕在枕头上,马蒂尔德则坐在藤椅上,谁都没有说话。"你看,马蒂尔德,外面的阳光多好。那些杀人如麻的将军们实在可悲,他们的灵魂已经被他们阴暗的'自我'吞噬。他们这么做只是出于害怕,他们杀害别人正是因为他们怕死。又或者也许他们杀人是因为,内心深处清楚自己的灵魂已经死去,只求不要孤独地活在虚无中。因此他们选择将自己的生命置于地狱中。你看大海则不然,它有着永恒的法则，无论世事如何都不予理会，继续掀起波涛。对我们来说，这场智利的悲剧意味着一切，而对大海来说，什么也没发生。但我们在生活中常常也只遵循自己的节奏，无视别人的痛苦。告诉我，马蒂尔德，我对你是像大海一样冷漠吗？如果发生过，请你告诉我，拜托了。不要考虑我的病情，请你坦诚地告诉我，不，你甚至可以残忍地告诉我。如果我的生命可以延长哪怕只有一瞬间，那只有真相可以使之有意义。"

7

秘密约会

"是的，聂鲁达，你就是我的汪洋大海，一直都是。当我还是个小女孩时，甚至在我还没出生的时候，你就已经是了。你不要笑，这是真的。你让我以诚相待，你说只有真实能帮助你延展你的生命，那么我会的，我一定会。两个人的相识，当然，如果是真正意义上的相识，会引领我们共同见证一件事情——相对于承受我们自己体内自然觉醒的力量而言，面对对方的力量还更容易。我们很难有勇气与我们不曾了解的、隐藏在身体最深处的另一个自我共存，那是一个新的自我，它会像植物一样生长，变得枝繁叶茂。渐渐地，它在我们体内变得愈发庞大，直到完全占据我们的身体。这就发生在我身上，巴勃罗，它植根于我的灵魂，过去我以为我很了解它，在遇见你之后，它就长出了新的枝芽。马蒂尔德开始了解她自己，那些她不曾了解的隐秘部分。经历这个奇妙的过程需要有强大的力量，还记得我见到你的那天吗？当时我们在圣地亚哥的一个花园里。我们一起走了一整夜。黎明时分，我一个人躺在床上，感到身体里翻涌起两种相互对抗的力量：一种迫使我的灵魂重生，另一种小心翼翼地保持着我好不容易达到的平衡。我是谁，巴勃罗？你又是谁？当我第一次握紧你的手时，你四十二岁，早已被人们看作是智利最伟大的诗人，也开始成为全世界最受欢迎的诗人之一，人们眼中的你勇敢、充满魅力和正义感。

"巴勃罗，你和我握手时，我只是一个来自偏僻村庄的女人，一个叫作奇廉的乡野小镇。我学过唱歌，神奇的是，我竟能靠这嗓子养活自己。你还记得圣地亚哥花园的那个晚上吗？你对我说其实我们做着同样的事情。我们都在歌唱。但是巴勃罗，你知道那么多东西，你去过很多地方，去过不同的城市和国家，你的朋友都是些伟大的画家和作家，许多国家的总统都非常敬仰你，还有那些独裁者憎恨着你。新闻报纸每天都在谈论你，希望能得到你的支持。在我看来，你就像一片茫茫无际的大海，我觉得自己根本配不上与你一道在月下散步。我挺单纯的，巴勃罗，我觉得我自己很简单。当我说'好'的时候，我真的只想说'好'；当我说'明天'的时候，我想说的就是明天。而你说的'好'，总让人觉得模棱两可。你承诺的'明天'可能会无限延伸，变成几个星期，甚至几个月。很多次，当你对我说'好'的时候，我能感到一种巨大的艰难，一种仿佛要背叛十年的情感、断绝难以割舍的羁绊的艰难。我并不清楚你和你妻子的关系如何，你很少和她在一起，我不明白这样的状态是因为你们的爱正在消散，或者，这就是你爱一个人的方式。

"你寻求的生活方式与你探求的写作方式别无二致。你在写的似乎是你生命中最重要的一首诗，但这首诗还没有完成时，你又被一首新诗的灵感席卷而去。你爱过多少女人，巴勃罗？我们相遇时你还爱着多少女人？我一无所知。你追寻新的朋友、新的地域、新的城市、新的兴趣，还有关于正义的新的梦想。我爱着你，巴勃罗，我能感到你需要我。每一次你的离去、每一次回来，以及你说过的话语，给我带来快乐，却也隐藏着一丝不安。每当你同我说话时，你说的每句话就如同一颗颗我没见过的小小种子落在我的胸口。它们看起来很漂亮，但我不知道它们会开出怎样的花朵。我很困惑，巴勃罗，我迷失了方向，我不知所措。这种迷失自我的感觉很奇怪,真的很奇怪。你能明白吗,巴勃罗?你的话语能让我思绪万千,但我和你相反,因为我只有思绪在心,却无法形成话语。

"我从未有过这种焦躁不安的感觉,而引起这种感觉的不只是你的话语,是你这个人的出现让我心潮澎湃。没错,你的出现使我产生了一种欲望,而我却努力地对抗着这种欲望。你的脸庞、你温柔的额头,你举手投足间的单纯和坦率,你眼中闪烁的孩子般的好奇,还有你走路的方式毫无防备,如此孩子气,让我不禁开始质问自己是否真的刚刚认识你,又或者,只是认出你来。有一段时间我很惊讶地问自己:'怎么会在那么长的时间里,都没有认识他?怎么会活了三十四年都未曾遇见过他?'你的样貌轮廓我了然于心。我们的相遇就像是从沉睡中苏醒,这种奇妙的魔力却让我心神不安——我被你吸引去了太多的注意力。在我的每一个日子里,关于你的记忆不断打乱我的思绪。你让人无法预料,可以没有任何缘由地消失很久,却会在我从未期望找到你的地方和情境下找到我。你已经结婚了,我明白以你宽广的胸怀,你会爱很多人,但这伤害了我的自尊,我常常想,你或许只是一个非常优雅的自我主义者。我不解你究竟是怎样一个人,我想知道为什么你说的话,总让我感到仿佛很久之前就已然盘旋在耳畔。我疑惑自己是否有能力完全了解你的本质。就像是大海，巴勃罗，你就像海洋。认识了你之后我才明白，一个人的精神世界竟也可以像大海一样辽阔。也正如大海一样，一个人的精神世界，永远无法被完全探索。最重要的是，永远不可能被拥有。我知道你是上天赠予我的厚礼，但要接受这个礼物，也需要巨大的力量。

"我们这样都过了五年呢，巴勃罗，你还记得吗？白天，我看着你，时间仿佛就静止下来；夜晚，当你握住我的手时，时间便仿佛回到了童年。我觉得我渐渐开始属于你了，而这种完全属于某个人的感觉我并不喜欢。我试图寻找一种方法，能够让我在属于你的同时，又不失去自我。我在一岁那年失去了父亲。那时的生活很贫苦，而我的母亲却奇迹般地让我爱上了那种贫苦。我喜欢奇廉的寒冷，当雨水拍打着整座村庄。我喜欢那个每天晚上提着灯笼卖烤栗子的人，我喜欢他掀开那热乎乎的竹筐的动作，我喜欢给他一枚硬币。我记得在公立学校里，我们总是穿着湿漉漉的破旧鞋子；我记得我的音乐老师，我很高兴能成为班上的主唱。在日落之前，我常常出门去树下唱歌。你在圣地亚哥花园遇见我的那天，我正是在一棵树下唱歌。慢慢地，随着年龄的增长，我的声音变得愈发成熟，音色的深度和音域的广度的拓展让我兴奋不已。渐渐地，凭借唱歌，我开始赚到最早的一些钱，那真是一个奇迹。我开始第一次乘坐火车，第一次睡在简陋至极的租住公寓里，第一次开始了解戏剧。我喜欢这样的马蒂尔德。我能够游刃有余地航行在小河里，但我还没有准备好迎接大海，巴勃罗，也从来没有人准备好迎接大海。

"1951年，你邀请我去巴黎。你还记得吗？我以前从未去过巴黎。于是我离开了墨西哥，那个我热爱的野性国度，只为去一个能使你大放异彩的城市与你相会。我来到法国，却不知道该对你有何期待，我很清楚我们的约会必须是秘密的、谨小慎微的，甚至可能险象环生。你的妻子迪莉娅常常会来巴黎，我必须像一个透明人，穿梭在你与她的生活中，这让我痛苦万分。我知道你非常爱她，你欣赏她独特的阿根廷人的气质、她的画，以及在生活最艰难的时刻她对你的支持。我好几次下定决心再也不与你相见，至少在你没有决定了结与她的关系之前。可最终，我还是向那引领我走向你的更高准则屈服了。将我们系住的决定性因素并不是爱欲的欢愉，那诱惑着我的、无法抗拒的力量是那围绕在我们身边温柔的气息。我觉得与你在一起时，童年时代种下的梦想似乎在眼前变得鲜活，而且我正有意识地令它愈发强大。我已决心做你生命里的一颗变幻莫测的行星，就像宇宙中某颗不规则运行的行星，隔几个世纪才能在你有限的视线范围内出现一次。

"我在巴黎火车站等了你快两个小时,就坐在行李箱上。之后我租了辆车来到十五区的皮埃尔－米勒地区,找到你之前给我的地址。你说我会找到你为我准备的一个套间,就在你住的那幢别墅里。我按下门铃,一位和善的女士给我开了门,告诉我你无法到达法国,因为法国政府对你下达了驱逐令。冈萨雷斯·魏地拉的暴行居然也蔓延到这个欧洲范围内第一个爆发了大革命的国家。那位女士把阁楼的钥匙交给了我。我独自站在窗前,落日映入眼帘,这座我完全陌生的城市充满未知,就像我们之间的关系。我只知道你是一个能让我笑声朗朗的男人,即使面临最窘迫的状况,你也能幽默地化解,给予我无尽的力量;和你在一起我感到很自由,你知道我并不喜欢过度依赖的关系——充满了各种义务、仪式和习惯。我知道我们的感情就如同空气一样纯净透明,我很享受这种自由。

"我沿着塞纳河走了整晚,想着或许我这次根本见不到你,只能回墨西哥了。但是第二天你就给我发了一封电报。你还记得吗,巴勃罗?你恳求我去柏林与你会合。我去了。你在一个剧院里等我,当时那里在举办一个艺术节,聚集着来自世界各地的艺术团队。你和你的诗人朋友纳齐姆·希克梅特[1]在一起。我并不想演唱，但你们不依不饶地邀请我。在那些日子里，我发现还有另一种独特的魔力存在于我们之间，这是我以前从未注意到的一种非常简单的感观：你的气味。我感到你的皮肤散发出的气味带有记忆的味道，它能带我回到在奇廉度过的童年时光。这种基于'嗅觉'的沟通到底带有什么讯息呢？是田野里被收割的麦穗？还是夏日里有时突然而至、打破晴日的北风？又或许是我在小学那潮湿的教室里经历的忧伤？在柏林，巴勃罗，我们一直在追寻对方，我们彻夜不眠，为了能在一起多待片刻，我们甚至伙同你的朋友们一起演戏，骗过迪莉娅。是的，巴勃罗，你是我的大海，然而在那些日子里，我能感到你内心深处的焦躁不安。

"我们前往布拉格，捷克斯洛伐克国家电台邀请我去唱歌。你带我认识了若热·亚马多[2]和他的妻子泽利亚。两天后，我们到了布加勒斯特。在1951年8月28日晚上，你把一张皱巴巴的纸片塞进我手里，那是你写给我的诗，标题是《永远》。但是脆弱的我无法承载你那汹涌的浪涛，我安静地躲在内心深处的孤岛，却终究被你那澎湃的激情

---

[1] 纳齐姆·希克梅特（Nazim Hikmet，1902—1963），土耳其诗人。
[2] 若热·亚马多（Jorge Amado，1912—2001），巴西现代主义诗人。

和丰沛的情感所淹没。你与迪莉娅过去和现在的种种仿佛被一股强有力的洪流推动，最终覆没了承载着我的念想的小船，一艘我再也无法登上并掌舵航行的船。我们决定不再见面了，于是我们哭着拥吻别离。第二天我乘坐第一班火车出发去巴黎。再一次离开，我看着窗外，有些喘不过气。我羡慕火车快速行驶中偶然瞥见的一棵树的命运，我羡慕废弃火车站里一个小喷泉的处境，我羡慕这个世界上了无生气的一切。我打开了你设法在我走之前给我的那封信，你嘱咐我上了火车之后才能打开它。里面是六首你为我写的诗。

"直到今天，巴勃罗，我想知道这些痛苦的体验是会让我们更接近生的本质，还是更接近死亡。我们就像一条河的两岸，而必须由这剧痛来成为我们之间的桥梁吗？或许我们应该学会接纳一个十分简单的想法——河流自身就可以联结两岸。河水知道，它也应该知道，痛苦的一切内涵也同时存在于快乐中。在火车上，我的虚弱令一位来自那不勒斯的美丽女士动容，她安慰我，给了我一些食物，像母亲般照顾我。后来我就再也没有见到过她，有时候我甚至怀疑，车厢里是否还有其他的乘客看见了她，这位女士是否真的存在过。我再次来到巴黎。巴勃罗，你那猛烈翻涌的海浪消失在我的视野中，却似有阵阵强大而阴郁的咆哮涌来我的胸口，让我喘不过气。巴黎啊，巴黎。我一面走，一面期待着……也不知道在期待什么。

"那些日子我只见过一个人：你的朋友保尔·艾吕雅。我决定去见他是因为我需要和一个关爱你的人谈一谈。我并没有告诉他任何我俩之间的事，但他能明白，于是和我约在旺多姆广场见面。那天晚上，他脚步轻盈地从远处向我走来，穿着一件白色的风雨衣，双手插在口袋里，微弓着背。在昏黄的路灯下，他看起来就像是一个孩童的魂魄，也许是一个几天前刚刚夭折的男孩，在一个成年人的肉体中得以重生。他温柔地拥抱我和我打招呼，然后看着我的眼睛，抚过我脸颊的手在颤抖——这是第一次世界大战期间两次被毒气所伤而留下的无法抹去的印迹。

"我们开始边走边说，他很快明白了我是孤身一人，也很快明白了我的绝望。我们穿过一条条巴黎的街道，那些街道我之间从未见过，那之后也没有再见过。有时，当我回想起那天，努力想要回想起那些街道时，我甚至开始怀疑它们是否存在过，就像我在火车上遇到的那位美丽的那不勒斯女士一样。后来我们走进一个看似完全荒落的市政花园。那花园在一个小山坡上，我们在一个生了锈的长凳上坐下，看着一排排住宅屋顶，这个地区我说不上名字。突然间，他用坚定的眼神微笑地看着我，似乎做好了决定向我表达他的感受,并要直接触及那盈满我眼底的痛苦:'你知道吗,马蒂尔德,前不久我去毕加索家时,决定跟他说一件与他有关、我一直没想明白的事。至少一年以来,每次我去拜访他,他都在客厅接待我。我坐在壁炉前的红色沙发椅上,刚好对着墙上的一幅画,那不是他的画,是 19 世纪初的一幅油画。一条小河穿过一个村庄,清澈的水面上有一条船,船上站着一位年轻的桨手。问题在于,那幅画挂歪了,明显向左侧倾斜,而且从我第一次到他家的时候,就已经是歪的了。我问毕加索是什么原因,我想知道这特别的不对称是否是他家女佣的某次疏忽造成的,比如她常常会在给画掸灰的时候不小心碰歪些许。可话音未落,我便意识到自己的假设并不成立,若是如此,那又为何它的倾斜角度总是保持完全不变呢?毕加索看着我,没有作答,眼中有种隐秘的笑意。我又大胆猜测并非是哪个女佣碰过那幅画,只是房子的主人从来没有注意到它挂歪了。但以毕加索的眼力,这怎么可能发生在他的家里呢?'

"'他继续看着我,愈发带着笑意。于是我又试着做出另一种解释:这样的挂法,是毕加索他自己有意为之。他笑着松了一口气,让我意识到我猜对了。"原来如此,"我说,"但原因是什么呢?"他解释说他正是想要这个被小河穿过的村庄完全向左倾斜。"你想知道为什么？你想的话，我们可以把它放正。"他补充道，"但是如果我们把它规规矩矩地挂在墙上，几天之后，我们就不会再看这幅画了，我们眼里就只剩下个画框。"然后他递给我一支烟。我反驳说，即使把画歪着挂，一段时间之后，终会引起视觉疲劳。他认为我说得有道理。"的确，"他说，"如果有一天我开始意识到这幅挂歪的画即将在我的关注范围内消失，我会在它旁边另挂一幅正的画，这样那幅画的平正就能继续使我清楚地看到这幅画的倾斜。"最后他走近我，仿佛要向我透露一个国家机密似的低声道："亲爱的保尔，你要注意在你的生活中始终保留一幅歪的画。"'

"我有些出神地看着艾吕雅，他的话语十分温柔。'马蒂尔德，生活送给了你一幅绝妙的挂歪的画，它就是巴勃罗·聂鲁达。生命将他给予你，使得你永远看不尽他。生命之所以将他给予你，正是因为巴勃罗的不平凡使你永远都会去探究他，并永远都能看到生命之所在。'

"夜深了，我们再次穿过这座城市，他想把我送回我住的地方——一个破旧简陋的居民区，处处弥散着贫穷的气息。艾吕雅停下来看着一幢挂着破旧百叶窗的楼：'我小的时候就住在那里。那上面，你看到了吗？三楼的那扇窗里就是我的房间。另一边，对面的那个房子里，住着一位裁缝，我的衬衫总是送去她那里改。她那时候才二十岁，晚上也工作，在一盏油灯下。有一次，在一个寂静的冬日里，我拿起我在战争中用过的双筒望远镜，开始观察她。她正在翻改我的一件衬衫的领子，最让我难以忘怀的是她的眼神。从她那明亮动人的黑色眼眸散发出一种由衷的快乐，为她正在做的事情而感到快乐。与她所做的微不足道的手工活儿相比，这种快乐十分盛大，我以为这快乐源于她内心的自我满足。其实我错了。我就这样一直观察她到天亮，把望远镜的镜头拉到最近，从针头看到棉花，从我五件衬衫的领口看到她的眼睛。从她的眼底，我总是看到一种令人难以置信的幸福感。那晚让我学到了很多东西，好好享受你所有的感觉，马蒂尔德，爱不应该寻求回报。如果她一边翻改着一件旧衬衫的衣领，一边微笑，你也一样可以将你噙在眼中的泪，转变成你的一道光。'

"和我告别时，他漂亮的蓝眼睛里闪着光，仿佛在对我说：'要坚持下去。'我经受住了你那猛烈翻涌的海浪，巴勃罗。差不多一个月之后，有一天，你的朋友伊薇特来到了巴黎，她说你很绝望，还说迪莉娅已经走了，她告诉我你只想和我一起生活在一个欧洲的城市。我一点儿也高兴不起来，也无法理清自己内心最基本的感觉。伊薇特微笑着告诉我她的任务是第二天带我去日内瓦。那晚我睡不着，飞行、瑞士，还有将我们分离的时间，这一切与你相比，都令我觉得遥不可及，因为你就在我的心头。为了我们内心在乎的那些人，巴勃罗，我们绕了多远的弯路？

"你在离机场不远的一家咖啡馆里等我，你坐的位置能够透过咖啡馆的玻璃门看到外面的马路。我停住脚步，你放下报纸，我们就通过那层'水晶墙'久久地凝视着对方。就这样放慢与所爱的人见面的时刻，多么美好啊，巴勃罗。一个在门的一边，一个人在另一边，并能意识到这门即将打开，这是多么美好啊。我推门进去，我们就面对面站着。你的眼里充满了疲倦，却格外明亮。你的脸色也是如此苍白。我们紧紧相拥。一位上了年纪的服务员轻手轻脚地走开了。我们紧紧相拥，彼此的气息在脖颈和耳侧交会，你用右手环住我的后颈。谁也没有说话，彼此间的交流已经完全无须语言的帮助。我们彼此都意识到此前的分离是必要的，当我们坚定地重新回到彼此身边，任何分离都会被善意地理解成必经的考验。'我们去日内瓦湖的尼翁吧，我们就去尼翁。我和你，马蒂尔德，就我们俩。'

"于是我们便去了那里，巴勃罗。我不知道关于那些日子你还记得些什么。我常常发现，记忆的主观性可以令两个人对过去的印象完全不同。其中一个可能清楚地记着某个场景，而另一个人却完全记不起来。即使你不记得我们的酒店房间，不记得莱芒湖，不记得我们吃早餐的露台，也不记得那些霸道的海鸥，但我能确定，你一定清楚地记得那种美好的感觉，那些日子我们的生活充满了美好，我们快乐，我们开怀大笑，我们是自由的。那里的居民淳朴善良又细心周到。直到今天，那个小村庄一直都在我心里，如同童年时的玩具那般，带给我们神奇的力量。我记得你当时有很多问题要问我，你想知道我在巴黎的经历，我走过哪些街道，我所看到的一切，以及我当时在想什么。那时的海是五彩斑斓的，巴勃罗，我是说你的汪洋大海，我看到了清澈透明的海底，再也没有汹涌的浪涛，我能看到无数精美的珊瑚，纯洁无瑕的海藻轻轻地摇摆，一排看似银色的海豚。那些日子过得真快。然而，从几何学角度准确地说，这些日子流逝的速度等同于它们在我记忆中停留的强度。我回到巴黎，接着去了罗马，然后再一次回到巴黎，再一次出发去罗马。那些日子我似乎一直奔跑在欧洲各国的月台上，尽情地释放'等待的舞步'。等待一个我们知道会回来的人，那种感觉实在是太棒了，巴勃罗。你到了那不勒斯，然后，在一个1月的美好下午，我去罗马特米尼火车站见你——你手里拿着一个行李箱和一份驱逐令，被许多尊重并且敬爱你的人包围着。在萍丘的花园里，我们一起度过了只属于我们两个人的夜晚，巴勃罗。我不再疑惑你是谁,也不再疑惑自己是谁。

"不要再一直看我的手了,它已不再像曾经那样美丽。你问我,你对我而言是否曾是一片冷漠的海。巴勃罗,你一直都是我的大海。但我也知道冷漠只存在于你内心并不了解的一个星系中。当然,你的确翻起过层层的浪花和泡沫,发出过痛苦的咆哮,甚至掀起过腥风血雨,但如果我们想要重生,我们必须要面对这一切,或者说,这一切,就是走向光明的我的新生。"

8

死亡的味道

"我的新生。"

马蒂尔德说的最后这几个字仿佛粘在她微微上扬的嘴角,静固住了。聂鲁达躺在床上,她就坐在床边,他拉过她的手,沿着一个个光滑细嫩的指节和精致漂亮的指甲,轻轻抚摸着。马蒂尔德明白,即便是这样微小的动作,对他来说也很吃力。在如此简单的动作背后,是他坚强的毅力,因而这样的爱抚显得弥足珍贵。一小时前,他的胸部就开始由于呼吸有些急促而上下起伏着。他的眼中闪过一丝对探索的渴望,渴望弄清楚一些事情,一些无关乎他们所处的地方,也无关乎当下的事情。

"刚才我们没喝成茶,我再去泡上吧。"马蒂尔德说。

聂鲁达先是将她的手紧紧地攥在手里,然后便让她去了,只剩自己一个人待在卧室里。他的头在枕头上无法动弹,只靠转动眼球上下左右地看着——小时候发烧时他总爱这么干。在他有限的视野范围里,他看见了木桌上的大贝壳,旁边是印度烟斗,还有一根放在角落的拐杖。"阿连德啊,阿连德,我的朋友,你现在在哪里?你都遭遇了什么?我能为你做些什么呢?假如我还可以走路的话,我一定会去找你。我本来想去圣地亚哥旅行,那样我最终的命运不出三种可能:被捕、被杀,或是找到你。有一次你曾告诉我,我的一句诗就可以挽救一个垂死之人的生命。可是现在,阿连德,哪怕是维吉尔或是荷马的所有诗句都无法拯救你了。我的朋友,我的诗力量太薄弱了,它只能提醒某人我们仍然存在。种子一旦离开了土地,便一无是处。我们几乎完成了一切我们应该做的事情,现在我们该学会怎样死去,而你就是我的老师。"

聂鲁达感到身体不自觉地晃动了一下,他抬起上半身,用右手肘支撑着,慢慢从床上坐起来。腹部传来一阵剧痛,他咬紧牙齿,把脚挪到地面上,撑着床头柜努力站直,接着披上一条蓝色的格子毛毯,试着一小步一小步地往前挪。他从一面长方形的镜子中看到自己。他披着毯子

死亡的味道

的样子就像是一个孩子,在铁路上工作的父亲冒雨带着他来到了特木科[①]火车站,给他披上一条祖父母留下的旧毯子。"时光回转,死亡正披荆斩棘地向我走来。当我们再次清晰地看到自己儿时的身影时,就意味着我们正在回归生命的起点,而此刻与那起点之间只有一个明确的边界——那就是生命的终结。"

马蒂尔德在厨房里,等着水烧开好用来泡茶。她坐在一个藤草椅上,盯着炉上的火苗。"钢琴键总和钢琴在一起,"她想,"吉他弦也始终在吉他上,每个单独的个体都与它所属的整体息息相关。巴勃罗是智利的一个生命细胞,当这片故土的美丽消失殆尽时,他的死便也再自然不过了。他的身体患了病,这确是事实,但祖国的垂危更加速了他的死去。阿连德就像他的孪生兄弟,聂鲁达的命运也取决于他的生命力。难道就这样结束了吗?我和这个我爱的男人共同前行了二十七年,就将要这样终了吗?不会的。不,应该是这残酷的结局让我明白了活着是多么美好。摧残着巴勃罗的苦楚正明确地告诉人们,他终身为之奋斗和渴望的是什么。我们的相遇是上帝特别的恩赐,并将永远受到祝福。

---

① 特木科(Temuco),智利中南部城市,阿劳卡尼亚区和考廷省首府。

水开始沸腾。马蒂尔德听到厨房门外有些动静。

聂鲁达竟然走到了收音机旁,他弯下腰去开机,精确地转动调频旋钮,各波段声音相继响起,有的重叠在一起,又在搜索下一个电台时消失:"请注意,请注意,我们临时中断节目,是为了向智利人民传达萨尔瓦多·阿连德总统去世的消息。"这句话接着被重复播报了第二遍,然后是第三遍……聂鲁达感到双腿无力,伸出双手撑在收音机上,毯子从肩膀滑落,收音机掉落到地上,而他也摔倒了。马蒂尔德急忙从厨房跑出来。她跪在他身边,看到聂鲁达的双眼是睁着的。"阿连德死了,马蒂尔德。"她把他的头托起来,放在她蜷曲的腿上。"等等,拜托你,就让我待在地上吧,我得喘口气。"他的呼吸愈发急促,房间里弥漫着海水的咸味,他看看天花板,又从下往上看看马蒂尔德,她看上去很高,正俯下身子贴近他的额头。聂鲁达笑了,他在想生活中的小事是如何反映出历史的壮阔变化的:"我摔倒了,就像智利一样倒下,或许我慢慢地可以站起来,但这不过是我迈向死亡的起点。我倒想仔细地品尝死亡的滋味,不能让它一下子就将我带走。"从倒摔在地板上的收音机里传出了一些难以识别的声音,在断续的声音和伴随着干扰声的频率之间,时不时地能够辨识出"阿连德"和"死亡"这两个词。马蒂尔德扶聂鲁达站

死亡的味道

起来,让他躺在红沙发上,帮他放好枕头,然后给他盖上毛毯。"马蒂尔德,这杯茶我们是没法享用了。"

电话响了。马蒂尔德不知所措地看着聂鲁达。"别担心,这电话能响不过是说明他们已经完全控制了电话线路。"响第五声时,马蒂尔德拿起听筒:"我是他的妻子,您是哪位?我听不清楚,是从法国打来的吗?您是哪位?不,聂鲁达还活着。是的,我是他妻子。我向您保证他还活着。喂?喂?……电话断了,是个男的,但我没听清他的名字,他以为你死了。"聂鲁达努力挤出一个微笑:"谁知道呢,也许他是对的。"马蒂尔德把收音机放回小木桌上,想找一个信号更清楚的电台,终于被她找到了:"……因此将严令禁止人们离开自己的住所……拉莫内达总统府①已经被烧毁。"她感到有必要证实所听到的消息的真实性,于是她打开电视,屏幕上圣地亚哥街道被军队占领的画面立刻刺入眼帘。她坐在巴勃罗的身旁,将他的右手放在自己的前额。电视里总统府被巨大的一团烟雾笼罩着。电视里的声音与电台的声音交织在一起:"阿连

---

① 拉莫内达官(La Moneda),智利总统府所在地。1973年9月11日,皮诺切特的军队对当时的总统萨尔瓦多·阿连德发动政变。他们轰炸了拉莫内达官,当天晚些时候,阿连德被宣布死亡。

德自杀了……阿连德遭军方暗杀……政变……暴动……内战……戒严状态……"聂鲁达看向马蒂尔德："现在要轮到那些无辜的人了,在这样的情况下,总是他们遭殃。"马蒂尔德让他喝下了一杯茶,也让他吃下了平日需要服用的五片药中的一片。"马蒂尔德,我很痛,我恐怕一会儿就要开始呻吟,对不起。"马蒂尔德不明白他指的是为阿连德的死亡感到痛心,还是他体内肿瘤引起的腹痛。有那么一瞬间她觉得这两种痛是一样的,只是属于不同的分支而已。于是她打电话给医生,可是医生不能离开家到这里来,他不能冒着生命的危险来给巴勃罗看病,不过医生给他开了注射剂,但还需要一个护士来注射。

"我去找这种药,巴勃罗,医生说这是唯一能缓解疼痛的方法。"

"不要出去,马蒂尔德,这太危险了。"

"你安心待在这里,巴勃罗,我很快就回来。"

她穿上黑色外套,假装从容地向外走,但一走出家门,她就跑起来。街道上空无一人,在远处的一个路口,她看到一辆武装坦克行驶过来,于是她躲在一个破旧的门拱下,四周寂静无声,不时传来一阵机关枪扫射的声音。此刻她来到埃尔基斯科①警察局，一名勤务兵把她带到上尉的办公室。

"您好，我是巴勃罗·聂鲁达的妻子马蒂尔德·乌鲁蒂亚。我需要去一位护士的家里，她住在离这里五公里远的地方。我丈夫患有肿瘤，他需要马上注射，时间很紧迫，可是我在收音机里听说任何人都不许离开住所，所以我想要一张通行许可证。"

"您是说一张通行许可证，女士？"

"是的。"

"这不可能，您来到这里已经违反了禁令。"

"我知道。但如果您能感受到我丈夫此刻的痛苦，您就不会这样说了。"

"您看，我本该因为聂鲁达所做的事而将您扣留，但他曾对我有恩，多亏了他的诗，我才与我女友相爱，直到结婚，现在还有了三个孩子。只是出于这个原因，现在我放您走，您可以去任何您想去的地方，但风险要自负。我就当未曾见过您，也没人知道今晚您是否还能活下来呢。现在这个时候，在街上乱跑还能安然无恙的概率远远低于

---

① 埃尔基斯科（El Quisco），智利中部瓦尔帕莱索大区海滨小镇，聂鲁达故居黑岛所在地。

丧命的概率。作为聂鲁达的妻子本来是一个优势,但这个优势在二十四小时前就失效了。"上尉脸上浮现出令人难以捉摸的笑容,他走近一面墙,那面墙被一个巨大铁制抽屉柜完全遮住,他打开其中一个抽屉,抽出一个文件盒。马蒂尔德明白这位军官要调用职权档案了,那里面细致地记录了智利所有"灵魂"的行踪。他取出一个灰色的、上面写着聂鲁达全名的文件夹,翻看收集在里面的文档资料,满意地将目光停在左手边的一页纸上。"看上去你们结了两次婚:一次是1966年,在智利正常登记的;而之前的一次,是很久以前,1952年,在意大利,准确地说,是在卡普里岛。不过,我们无法查到你们是在哪个教堂举行的婚礼,也不知道是哪位牧师主持的。您想借今天的良机为我们解开谜团吗,聂鲁达太太?"

马蒂尔德看着上尉,笑着说:"卡普里岛的谜团再简单不过,但它只与我和巴勃罗有关。"

"没有任何人可以得到通行许可证,包括您。您是聂鲁达夫人的事实只会使情况更糟糕。您还是走吧。"

"站在我丈夫的身边从来都不轻松,长官。谢谢您,我会有办法的。"

马蒂尔德汗流浃背地跑着,从一座桥上望下去,隐约看到一片白色房子前的空地上趴着二十多人,有女人、男人和小孩，士兵用枪指着他们，用脚踢他们，用靴子踩住他们的后脑勺。她接着跑，一直跑。罗莎的家到了，对，那位护士，终于到了。马蒂尔德大声呼喊她，气喘吁吁地跟她说明缘由。罗莎说愿意去，于是两人一起去找药剂师家，拿到了注射剂。马蒂尔德拉着罗莎的手，她们紧贴着墙，挑较为安全的小巷走。接着抄近路穿过田地，她们成功了，终于到了目的地。巴勃罗在他的书桌后，弯腰撑在桌面上，很难站直。他看着一张照片，照片上他和阿连德面朝周围的几位农民微笑着。她们说服他回到床上，扶着他，让他躺下，罗莎准备给他打针。

"您怎么不说那句惯例要说的话呢，罗莎？"

"什么话？"

"您应该说：'放心，打过之后您就会好起来。'"

罗莎笑了。马蒂尔德请求她留下来，不要再冒险去街道上走动。

"噢，别担心，夫人，我不会有事的。在这种时刻，一个懂得打针和处理伤口的人是不会被杀的。我明天再来看您，聂鲁达先生。"

钟摆的声音在整座房子里回响，马蒂尔德坐在床边。

"你流了这么多汗，谢谢，真的谢谢你。你过来，在我旁边躺会儿吧。你知道吗，那些曾被我归为'往事'的种种经历，这会儿都一股脑儿地翻涌进脑海，仿佛就在眼前。难以置信却又如此美好。我甚至可以选择，让那些给我带来更多快乐的场景出现，我是说真的，此刻我能真切地感觉到幸福。马蒂尔德，把你的手给我，让我们一起回到卡普里。"

9

母亲的气味

渡船鸣响了三声汽笛,令人振奋。那不勒斯港口似乎比平时壮观了很多,仿佛被发船仪式的轰鸣声绷得鼓胀起来。那一刻,那不勒斯所有的百姓都听到了汽笛声,人们此刻无论是走在公民表决广场①或是新堡②城墙脚下,都

---

① 公民表决广场(Piazza del Plebiscito),意大利南部城市那不勒斯最大的城市广场,得名于1860年公民投票,这次投票决定那不勒斯加入萨伏依王朝统治下的、统一的意大利王国。
② 新堡(Maschio Angioino或Castel Nuovo),又称安茹城堡,是意大利南部城市那不勒斯的一座城堡、该市的著名地标建筑之一,是那不勒斯王国第一位国王——安茹王朝的查理一世——将首都从巴勒莫迁往那不勒斯时,下令在海边新建的宫廷城堡。

会向海边看去。每当渡船鸣响三次悠长的汽笛从码头出发，都仿佛一场盛会，向人宣告将要向自由的方向驶去。

巴勃罗·聂鲁达和马蒂尔德·乌鲁蒂亚站在甲板上的白色铁栏杆前，他们在跟萨拉打招呼，萨拉站在码头上轻挥着右手朝他们微笑。正是萨拉下午2点去那不勒斯火车站，接了从罗马过来的马蒂尔德，然后一起坐电车前往海边。巴勃罗拎着一个沙色的行李箱，正在那里等着她们，他身后的一条蓝色的船，即将载他们去卡普里岛。

在电车上，萨拉告诉马蒂尔德聂鲁达是多么痛苦。"'我觉得她不会来。'他今天早上一醒来就这样说，都没有像往常一样对我说早上好。我努力挤出笑容，递给他一杯咖啡，他喝了一口，接着又重复道：'她不会来的。'你知道他这四天晚上都是在哪里度过的吗？在阳台上。他就坐在铁椅上，望着蛋堡①的方向。马里奥非常担心：'他会着凉病倒的。'他对我说。一天晚上他试着去劝巴勃罗，于是巴勃罗向他保证只会在外面待半小时。可到了早上，我们发现他还在那儿，一边吸着烟斗，一边看着地平线。晚饭后他一直盯着我看，最终鼓起勇气问了我同样的

---

① 蛋堡（Castel dell'Ovo），是意大利那不勒斯的一座城堡，是公元476年最后一位西罗马皇帝罗慕路斯·奥古斯都被罗马军队统帅奥多亚克流放的地点。

问题。'萨拉,'他轻声对我说,'你跟我说实话,你觉得她会来吗?'我告诉他你一定会来那不勒斯,但我承认那天晚上我睡得不踏实。要是马蒂尔德不来怎么办?巴勃罗的焦虑也传染了我,所以你要对巴勃罗,还有我的失眠负责,马蒂尔德。"

"谢谢你,萨拉。不过我也失眠了,当我们被爱情触动心弦时,就会特别在意时间的流逝。在热恋的人眼中,去睡觉都好像会占据快乐的时光。我没法不来,萨拉。自从我遇到巴勃罗,我才明白我一直孕育在这宇宙的子宫里,等待呱呱坠地。如果上帝召唤我,要我陪伴这个特别的男人度过一生,那我必须这么做。我开始明白他就是宇宙赠予我、让我审视自己的神秘放大镜,也让我有机会去了解,存在于我灵魂深处的究竟是怎样一个女人。"

萨拉的手不停地挥动着,她的身影逐渐模糊,聂鲁达挥动着右手抓着的烟斗向她告别。马蒂尔德怀抱着一只小白狗,名叫尼翁。聂鲁达在罗马为她买下这只小狗,并告诉她:"就以我们曾在那里快乐生活过的小村的名字,来叫它吧。这样每当我们叫它的时候,就仿佛回到了那段平静祥和的时光。"

在罗马一起度过一段时日之后,聂鲁达单独先行离开前往那不勒斯,以保护自己和马蒂尔德,摆脱警方的跟踪以及记者和摄影师的窥探。现在,城市渐渐远去,房屋也变得更越来越小。圣埃莫堡①似乎不再那么高大,一旁的维苏威火山中和了它宏伟的气势。此刻,人们可以将那不勒斯的一切尽收眼底,就像是一幅微缩景观。这很像童年时的一个游戏——凭自己的想象搭建一个地区和设计那里的居民。巴勃罗和马蒂尔德看着彼此,离开陆地令他们兴奋不已。他们从令人目眩的救生圈和救生艇之间走过,在一个木凳上坐下,正位于甲板的最前方。在他们眼前,只有与天相接的碧蓝的海水。聂鲁达思考着,在日落掩映下这些颜色将会如何变化,以及在面对这日复一日、浩瀚无边的宇宙苍穹时,言语的力量是多么微弱。"尽管我竭尽所能,却仍然无法将这种感受传递给任何人。"

"你在想什么?"马蒂尔德问道。

"我在想,竟然无法将这一时刻,记录下来并流传下去。"

"你要有信心,巴勃罗,你可以把它留存在你的心中。可能以后会有人从你的眼中又发掘出来,这世界上传情达意的方式又不只有语言一种。"

---

① 圣埃莫堡(Castel Sant'Elmo),是意大利南部城市那不勒斯的一座要塞,与邻近的圣玛蒂诺修道院一道,居高临下俯瞰全城,是著名的城市地标。

驾驶室里有一位穿着白制服的老船长，正向两名年轻的船员指着这一对迎着冬季的寒风坐在甲板上的恋人。然后，他冲两个年轻人眼睛一眨，似乎在宣布好戏开始。只见他打开一扇滑门，从甲板上方走了出来，在巴勃罗和马蒂尔德头顶的寒风中高声唱起来。

爱情像只金翅雀
陷入爱里
便全然不觉风雨
不知寒冷与雪霜
爱情像只金丝雀
陷入爱里
便无畏将死
仍飞舞欢唱①

悠扬的歌声飘荡在空中，巴勃罗和马蒂尔德缓缓地转过身，都笑了。尼翁在听完最后一句之后，汪汪地吠着。

---

① 此段原文为那不勒斯方言：L'ammore è nu cardillo / ca quanno fa l'ammore / nun sente l'acqua e 'o viento / nun sente 'o friddo e 'a neve. L'ammore è na canaria / ca quanno fa l'ammore / pure si sta murenno / vola e cantanno more.

马蒂尔德看着穿着白色制服的老先生,指着正在咆哮的尼翁说道:"它想跟我们说什么?它不喜欢这首歌吗?"

老先生靠在栏杆上,说起话来那讽刺的口吻不禁让人觉得仿佛一位幽默的希腊智者降落凡间来开船了。

"不,夫人。狗狗在说,你们若是不想进去,请把我带到船舱里去吧,这里实在是太冷了。"①

尼翁叫得越来越凶,聂鲁达和马蒂尔德笑着拥吻。水手带着笑庄重地将手举至帽檐,两名船员从指挥室出来大声喊道:"向爱情致敬!②"

地平线上一抹狭长的金黄色晚霞,渐渐变成红色,之后是橙色,然后变成了粉红色,接着是傍晚的紫罗兰色,渐渐变深,直到变成夜幕下的蓝色。"马蒂尔德,你觉得冷吗?我可不想你像金丝雀一样唱着歌死去,虽然听起来还挺有诗意。"

"巴勃罗,我这会儿什么也感觉不到。真的,我觉得什么都不存在,除了你的声音。"

卡普里岛出现在远处,千年积淀的礁石构成的慈母般

---

① 此句原文为那不勒斯方言:'O cane sta dicenno: si nun 'o vvulite fa' pe' vuje, facitelo pe' mme. Purtateme 'a parte 'e dinto. Pecché cca fa friddo assai!
② 此句原文为那不勒斯方言:Salutammo l'ammore!

轮廓包裹在落日的余晖中。

"真奇怪，马蒂尔德。也许光也能产生回响，就像音乐一样。"

船继续前行，在平静的海面上划出一道优美的弧线。渐渐地，卡普里岛的轮廓变得越来越灰暗。越靠近这乌黑的岛，巴勃罗和马蒂尔德越能感觉到他们内心的不安。卡普里似乎在引领他们走向非理性的旋涡，而不再遵循平时的思维所习惯的理性轨迹。卡普里岛的轮廓被夜色吞噬，岛上散落的灯笼的微光和夜空最初的点点星光交织，难分难辨。

"让我们记住卡普里岛吧，马蒂尔德。我们活着的时候无法理解它，而当我们正能够理解它的时候，我们已经死了。让我们记住1月20日这一天，记住这寒冷、这片海、这一年，这是我们此刻所拥有的一切。让我们记住这1952年。"

马蒂尔德握紧巴勃罗的手，尼翁伸出舌头舔着他俩。船进入了卡普里岛的小港湾，船身在深色的海面上优雅缓慢地行驶着。马蒂尔德从船尾的栏杆处探出身体："你看，巴勃罗，这里的海水不过几米深，可这么浅的水却能承载这整船的重量，正好像强大的意志力竟能撑起生命的重量。"

下船时，尼翁在一旁和他们玩闹，它不时地朝着马蒂尔德的膝盖或是巴勃罗的手跳上跳下，杂耍一般。码头上的人们快乐地等待着他们要接的人，而所有船上的人一登陆，立刻也笑容满面。他们中有在那不勒斯打工的青年工人、斜挎着帆布包的手工业者、拎着柳条筐的老妇人，她们轻轻画着十字，脸上洋溢着只有这座岛才能带给她们的轻快与幸福感。人们感到身体也轻盈起来，似乎来到一个即便穷得叮当响也能安然度日的地方。

"请带我们去特拉加拉角①，亚图罗居。"聂鲁达把行李箱递给一辆老式马车的车夫。"听您的吩咐，大师。夫人，请上车。"车夫身穿黑色袍子，脖子上系着绿色的丝巾，戴着一顶有檐的帽子，这一身像是从电车司机丢弃的制服或是19世纪宪兵的制服改造来的。马车穿梭在熙熙攘攘的人群中，在小曲儿、口哨声和欢笑声中前行。

"大师，我们走慢点儿哦。卡普里晚上黑，不容易看清路。"

"您为什么叫我大师呢？"

"因为您戴了顶艺术家的帽子，披着人造丝的围巾，还抽着烟斗。"

---

① 特拉加拉角（Tragara），卡普里岛西南方向一个伸向海中的岬角。

"这样的人就是大师吗?"

"还不足够,但我叫大师也算是个美好的祝愿。一个人如此穿着打扮,就算不是大师,也意味着他想要成为这样的人。一个美梦谁也不会拒绝。我们现在在一座岛上,如果还不能有点儿梦想,那还能干什么呢?您看,在卡普里,无论您走到哪儿看见什么景象,都如同梦境一样。为了生活之平和,您就得有梦想。"

"这是一种追求还是生活所迫?"

"好问题,问到点子上了。您看,我们这里真正的'工作'是不存在的,每个人都得捣鼓出一个无须固定上班的生计。我们这里没有工业,商店也很少。当然,这里有大海,人们可以靠捕鱼为生。但,捕鱼也要有梦想。您想,深夜里点上一盏灯乘上小渔船,漂在海上,您可以想象着钓到了笔管鱼,而并不一定真能钓到。我的意思是,在类似这样的情况下,梦想是必要的。您必须要有梦想,也就是说渴望钓到什么东西。渐渐地,几个星期、几个月、几年过去了,梦想成为令你坚持的动力。总之,如果没有梦想,就无法生活下去。一直生长在这里的人,不愿从他们的睡梦中醒来,而清醒的人来到这里之后都迫不及待地想要进入梦乡。"

"您说得真好。"

"我觉得这样生活的积极之处在于，每件小事都可能是个奇迹。您若真钓到了刚才我们说的笔管鱼，梦想就变成了奇迹。一天早上，您醒来后不知道吃点儿什么，因为您家里什么也没有，就在这时，一位朋友邀请您去他家，为您端上一盘意大利面，这就成了另一个奇迹。您有了孩子之后总在想：现在我要给他穿什么衣服，吃些什么，买怎样的鞋子呢？而这个小孩也就一天天地被照顾着穿衣、长大，变得强壮，然后他也开始有他的梦想。生活就是这样过，我们伴随着一个又一个奇迹前行。有时候我们觉得糟糕透顶，但看看我们的双手，会意识到自己还活着，这更加令人感到惊奇。因此，我们鲜活的生命在这一小片土地上存在着的奇迹，给予了我们继续梦想下去的力量。一个梦想的实现更是一个奇迹，而这奇迹的发生可能只需要一整个月，有时也许是一年。"

马车的车轮一路碾轧着石子，将地上被寒风劈落的树枝轧成碎屑。马蹄声就像是一个神秘的标记时间的节拍器，穿越在夜晚的黑暗中。有时，车身会被路边石墙上偶尔出现的暗黄色的灯光照亮。聂鲁达和马蒂尔德感到仿佛正驶向人类秘密的基地、一个生命的维度，在那里将能倾吐和探明关于自己的一切。时不时可见茂绿的枝叶被金黄色的柠檬压弯了腰，向人们展示着这片土地的肥沃富饶，好像随时准备迎接自由的到来。尼翁一直竖着耳朵，沉浸在预判各种不同声响的游戏中——一阵微风吹来的声音，一个橙子从树上自然掉落的声音，车夫驾马时嘴里发出的叽里呱啦的声音，还有最后从他喉咙里发出的长长的吁声。目的地到了，聂鲁达准备付车钱。

"大师，您别客气，我会跟他算钱的。"

"那么，是切里奥派您来的？"

"没错，他跟我说：'你去接大师。'然后他想告诉我您的名字，但我没让他说。大师的话我能看得出来，我还能辨别小偷、银行家、演员或是生意人。但这也不总是好事，因为一个人即使不说话，我也看得出来他过得不错还是正处于困境中。有时候，当我嗅到一些坏事的气味，它就会像令人积闷的西洛可风[①]紧紧地包裹着我。比如您和这位夫人，你们的额前发出的是美丽的光，上帝保佑着你们[②]。想知道你们的名字还需要时间，因为两个如此美好的人，当他们来到卡普里，可能会发现他们一直以来所用的并不是自己真正的名字，也会慢慢发现自己并不完全是

---

① 西洛可风（Scirocco），地中海地区一种湿热的风，源自北非上空干燥炎热的空气，途经沙漠和地中海时挟带大量沙尘和水汽，造成持续温暖潮湿的天气，往往给人们的健康和情绪带来负面影响。

② 原文为那不勒斯方言：'O Signore ve benedice。

印象中的那般模样，而是更好的样子。"

"谢谢，真心地谢谢您。"聂鲁达拥抱并亲吻了车夫。穿黑色袍子的人回到车上，驾马离去，消失在夜色中。巴勃罗和马蒂尔德面前是一栋白色的房子，门口的灯笼照着亮，绿色的大门半掩着，他们便走进去。银制烛台上点着三根蜡烛，门厅开阔，马蒂尔德和聂鲁达走近一幅巨大的、有着红木框的油画，画的是日落时从海上看到的卡普里岛的景象。烛影在画中古老的岩石上来回晃动，散发出一种平静的力量。

"世界那么大，世界也这么小。"埃德温·切里奥在他们身后说道，他拥抱了巴勃罗，亲吻了马蒂尔德的手。"我很高兴你们能来这里，我已经恭候多时了。"

"马蒂尔德，我给你介绍，这位是切里奥工程师，但'工程师'这个称呼其实并不确切，他精通建筑，热爱雕塑和绘画，他读过的书比我和保罗·瓦勒里[①]加在一起还要多。你见到他就好像看见了整个卡普里岛，马蒂尔德，卡普里就是他。"

[①] 保罗·瓦勒里（Paul Valéry，1871—1945），法国诗人、散文家、哲学家，法兰西学院院士。除诗歌创作之外，他还撰写了大量关于艺术、历史、文学、音乐、政治、时事的文章，是法国后期象征主义诗人的主要代表，曾十二次获得诺贝尔文学奖提名。

"大师，我不过是一个无名小卒。很荣幸您这么说，因为我了解这里。"

"一个在世界各地都有过各种美好经历、却从未忘记这里才是他的全世界的无名小卒。"

"聂鲁达呀，聂鲁达，我招待你可没让你奉承我啊，幸好我对这些话已经免疫了。我现在只相信大海的话。请跟我来，这是一间卧室，那边还有两间。这间是厨房，最里面那间是为大师准备的书房。这间客厅正对着一望无际的海，壁炉我已经点上了。夫人，这是给您的玫瑰，是一个很漂亮的品种。我从巴黎弄来的，居然让我在岛上种活了。钥匙在那个桌上，想去露台的话，有三个供你们选择。若想眺望海平线，任何一个都有开阔无遮挡的视野。房子的电路嘛要看它的心情，不过储藏室里有很多蜡烛可以用。"

马蒂尔德看着他，表示感谢，然后终于问他："这里为什么叫亚图罗居呢？"

切里奥笑着说："为了纪念我的哥哥亚图罗[①]，这里处处留存着关于我们兄弟深情的记忆。现在这里就是你们的家，你们想住多久都可以，这是我的荣幸。"说完他笑着

---

① 亚图罗（Arturo Cerio，1868—1931），意大利画家、摄影师，埃德温·切里奥的同胞哥哥。

鞠躬致意，一头白发正如他的话语一般温暖谦和。他缓缓走开，身影在半明半暗的走廊渐渐消失，直到关上他身后的大门。

马蒂尔德和巴勃罗在客厅一张椭圆的大桌旁站着，彼此对望。他微笑着抱起她，就像怀抱一个轻盈的小姑娘，来到了露台。马蒂尔德双手环在他的肩上，聂鲁达低声说让她看大海，她却似没听到，直盯着聂鲁达。

"这是我们的房子，巴勃罗，我们终于有了一个自己的家。"

"家你一直有啊，一个会移动的、抽着烟斗的家，我就是你的家。"

"巴勃罗？"

"嗯？"

"你觉得你可以这样抱着我多长时间？"

"死而后已。"

马蒂尔德边笑边跳下地来，向栏杆外探出身去，身体弯作一道弧形，巴勃罗在她颈后呼吸着她的香气。他们看着向大海深处蔓延开去的成团的深绿色，那是繁茂的雪松、桉树、橘树的枝叶相连，形成了一个个天然的城墙垛，其间有棵棵翠柏高高耸立。马蒂尔德此刻和这些生机勃勃地静立着的植物融为一体，像是一棵被人怀抱着的新树苗。聂鲁达觉得马蒂尔德不再像之前那样，因为不断失之交臂的相会、因为害怕失去或是害怕迷失自己而压抑自己，而是完全释放出耀眼的光彩。他感觉到她在内心孕育着奇迹的种子，他感觉到自己能够成就两个人的美满。他把双手搭在马蒂尔德的腰间，将她轻轻拧转，仿佛沉睡一个世纪之后复活过来的芭蕾舞者。聂鲁达在她的唇边轻轻呼吸，然后深深地亲吻、拥抱她。他们坐在两张白色的帆布椅上，牵着手，彼此紧挨着看向远处，尽管什么也看不真切。他们享受着那安静的时光，享受1月清冷的空气融入这恬静的氛围中。时间在温柔与甜蜜中静静地流逝，巴勃罗和马蒂尔德与静谧的空气安然相处，他们探寻着彼此未经言语表述的本意，因为一旦经由言语表述，必定会偏离了初衷。在遥远的海平面上，看似大海尽头的地方，出现了一缕光亮。

"马蒂尔德，我有一种奇怪的感觉。"

"怎么了？"

"这感觉太神奇了。对了，我从没跟你说过关于我母亲的事情。"

"我知道你从小就失去了你的母亲。"

"没错，我只告诉过你这么多，在我只有一个月大的时候她就去世了。我的父亲从没跟我说过她的任何事，而我也知道我不能提任何问题。小的时候我每个夜晚都焦虑不安，持续了好几年。因为我从没见过自己的母亲，以后也不会有机会见到她。一天，有位年老的姨妈告诉我，我的母亲曾经写过诗。我的焦虑变得更加灼热——那些诗放在哪里了？我家有一个房间，门一直是锁着的，从来没人进去过，钥匙就被丢在某个抽屉里。一天晚上，我去拿了那几把钥匙，轻轻地推开那扇门。那时我八岁，我点燃了一盏油灯，发现那是一间卧室，用白色的床单罩着，一尘不染。在角落里有一个储物箱，我把箱子打开，发现了一个白纱包裹。我拿到床上解开一看，原来是一件婚纱。我的心怦怦地跳，又去用灯照亮箱子的底部，那儿有一张保存完好的黑白相片，相片里的人是我的母亲。她的眼睛和我的一样大，但更好看。额头也和我的一样高，但好看得多。她有着深色的波浪鬈发，十分瘦弱。她穿着黑色的衣服，肤色白皙。我也不知道那张照片我看了多久，后来我把所有的东西都放回原处，回到自己的床上。正回想着，突然间，我闻到了一种奇妙的香气，我能清晰地闻到。我希望它能停留得尽可能久一些。我每一秒钟都害怕它会消失，还好它一直陪着我直到天亮。我能确定那是我母亲的味道。谁能说清呢，马蒂尔德，虽然她在我只有一个月大的时候就离开了，但也许我可以将她的气味永远地留存在感官记忆的深处。一个婴儿可以记录并留存他迷恋过的气味吗？我认为可以。那天晚上，我多么幸运能体验这个奇迹。此刻，奇迹再次发生了——我闻到了我母亲的气味，马蒂尔德。我感觉到了，这是我生命中第二次感觉到。但为什么恰恰是今晚呢？"

10

心头的血

"'为什么是今晚呢?为什么恰恰在今晚我感觉到母亲的气味?'你就是这么跟我说的,巴勃罗。你记得吗?"

"嗯,马蒂尔德。我记得。我能看到卡普里岛上我们家的露台。我能看得很清楚。所有的细节都在我眼前——观海露台一角的老陶罐、夜空中柏树的剪影、你的琥珀项链,尼翁在那个古圣水池改造的喷泉池中喝水。我都能看到。我并不觉得这些是记忆,我感到它们都很鲜活。一切都真实到令人难以置信。虽然现在我们在黑岛,但只需闭上眼睛,就仿佛身处卡普里。谁知道呢,如果此时有人从海上乘船经过,抬头看向露台下方的拱门,也许还能看到我们。这类似于分身现象,但这只会发生在圣人身上。我们显然无法企及。不过此刻,我确实感觉我们同时存在于卡普里和智利两个地方。"

聂鲁达和马蒂尔德闭着眼睛躺在床上。他用左手握着她的右手。突然,一阵汽车发动机的轰鸣声不断靠近,直到环绕在房子四周,打破了一方平静。马蒂尔德睁开眼睛,巴勃罗的眼睛也出于本能地张开。

"聂鲁达!巴勃罗·聂鲁达!请开门!"

马蒂尔德起身向门口走去。诗人把左手放在肚子上并用力按着,因为痛苦而咬紧了嘴唇。在疼痛开小差的一瞬,他才勉强挤出一丝笑容。

十二名士兵闯了进来。马蒂尔德曾在埃尔基斯科警察局见过的那位上尉径直冲进了卧室。马蒂尔德跟着他们,目光在这几个穿军装的人和巴勃罗之间迅速切换。聂鲁达说:"早上好,先生们。我想你们来这儿是为了搜查的,尽管执行你们的任务吧。"

衣柜的门被拽开,衣服被一件件查筛,书桌的抽屉被拉出,花瓶被打翻。这些经验丰富的家伙用拳头敲打着墙壁,来判断是否有隐藏着秘密的隔间。这一切的发生只不过一会儿工夫。马蒂尔德看向窗外。五辆、六辆、七辆小货车把整个房子包围住,宪兵们身背小机关枪并紧紧握住。聂鲁达艰难地从床上爬起来，坐到蓝色的扶手椅上。"你们也要检查床垫吧，请吧。如果还要查看地窖和地下室的话，我的夫人可以带你们去。我很感谢你们细致的工作。不，我并没有讽刺的意思，我是认真的。因为通常在这种搜查中，军人们会把他们所能触及的一切完全毁坏。"

"我们对物品不感兴趣。我们只关注参与反叛行动的人。"

"我明白。你们看，这房子充满了反叛的气息。我可以说，反叛存在于这房中数百万个分子里。但是我没有隐藏它们。它们既不在你们打开的这些抽屉的底部，也不在某个隐形地道门的下面。它们是非常显眼的分子，尽管你们连它们中的一个也看不见。然而它们就在那儿，你们看到了吗？就在你们面前。那些反叛的因子正是我的诗句，写在那些书里呢。你们愿意的话，可以没收或把它们都烧了。然而不幸的是，全世界还散落着成千上万的印本。即便你们能成功销毁所有印本，我也必须告知你们，很多人能将我的诗句熟记于心。不，你们别急。这可不是自负，也不是自恋。相反，我必须承认这令我有些难堪，因为我并不认为我值得如此大的尊重。但事实如此。我担心，在你们将要施行的独裁专政之下，若是真想查出些什么，你们恐怕得研究出能查探人心的技术。值得你们好好考虑一番哦。"

"我们已经有一个这样的技术了，聂鲁达先生。"上尉冷冷地看着他。

"我非常清楚，是酷刑。但是你们看，那还是一种查探肉体的手段。通过酷刑，你们能得到的不过是谎言。内心所想你们永远无法知道。灵魂，相比肌肉、筋腱和骨骼，有着更多的勇气。尤其是，它能够大量再生，而且是单体繁殖。只要有一天有个人说出了真理，随着它自身不断发展更新，渐渐地，在倾听它的人心中便会生成一个新的真理。"

"对诗人的拜访，总是让人很有启发啊，先生。"上尉讽刺地说。

"哦，你们可知道我从你们那里学到了多少东西。我知道你们生来就和我一样贫穷。是饥饿迫使你们变成你们现在的模样。我这么说并没有恶意，我保证，我非常尊重你们，还特别怀着发自内心的同情。"

上尉立正致意，貌似示以尊敬的动作中暗藏着威胁的意味，然后就转身带着他的人离开了，马蒂尔德也跟了出去。一只百舌鸟停在窗台上。巴勃罗认出了它的叫声，便转过身来，透过窗户看着它，微笑。然后又站起身，扶着家具往前走。他打开窗，一只黄嘴的鸟跳到他的写字台上。聂鲁达走过去坐在那儿,看着它——那黑亮羽毛的百舌鸟轻跳了一下,落在了他的手掌上。

"你终于决定回来咯。你也是一个颠覆分子,一个狡猾的颠覆分子。你刚刚逃过了一次搜查。永远不要让任何人知道你是革命者。怕是哪天他们颁布一项法律,规定展翅飞翔也将被判为叛国的阴谋。希望永远不会有那么一天啊。"

这时马蒂尔德出现在门口:"他们走了。"

"马蒂尔德,这只是个前奏。你看到没?它回来了。"

"它真漂亮。"

聂鲁达从水晶杯中拿出一小颗葡萄。他把葡萄放到嘴唇之间,努嘴伸向那百舌鸟。它盯着聂鲁达看了很久,脑袋左右晃动。然后,以一个敏捷而轻盈的动作衔得了葡萄,穿过开着的窗飞走了。

"你看,马蒂尔德。这得有多少页要整理呀。但现在没有时间了。或者,也许是时间太多了。"

"巴勃罗,你说太多了?什么意思?"

"很可能,我已经接近无穷尽的时空了,或者你愿意用未知的时空这种说法。不管它是无穷尽的还是未知的,都不允许我们去关注过于微小的事物,比如一位智利诗人的手稿。我觉得一切都具有相似性,在我的生命中,过去和未来只是互换了位置。你也是，马蒂尔德，现在你让我有一种错觉——我感觉一直都认识你，也会感觉我明天才会与你初次相遇。"

聂鲁达双手捂住肚脐下方，紧咬着牙齿。马蒂尔德轻抚他的肩。"巴勃罗，我觉得需要打电话给医生。我们得去医院。"

"好，我也这么想。"

马蒂尔德去打电话。聂鲁达把头靠在沙发背上，闭上眼睛。他听得见她在讲话，却没有注意她的用词，更没在意词的意义。只是感受着她声音的流动。这是他所听过的最美的声音，以大海的呼吸声为伴。这躯体还能让他活几天呢？为什么不去享受马蒂尔德照顾着他的所剩无几的分分秒秒呢？在这肉体所能留存的时日里，生命赠予着最后的点滴美好，为什么不去体验这些感性的愉悦呢？就这么睡去也很好，如果能睡得着的话。他渐渐沉入睡梦中，马蒂尔德轻抚着他的额头。

救护车来了，要送他去圣玛丽亚医院。看着巴勃罗躺在担架上，两个护士抬着他穿过房间，走下楼梯，马蒂尔德怔住了。她的步伐变得沉重，目光紧盯着聂鲁达的头部，感觉完全被掏空。她的脸上没有痛苦，没有悲伤，只有一双绝望的瞳孔。她思忖着,这位诗人还能不能再回到太平洋上的这间房子里,还能不能再回来抚摸他的贝壳,削他的铅笔,笑着找寻他乱丢的手稿。聂鲁达被抬进救护车。一名护士驾车,另一位坐在病人身前。马蒂尔德坐在巴勃罗身旁的小凳子上,轻轻地抚摸他的额角。发动机响了,车开动了。就是在这一刻,她从想要放弃的念头中突然醒过来。结伴同行就必须相互为伴,共同走到终点。救护车拉着哀伤的警报,在颠簸与刹车中前行。经过坑洼地和大石块时,便慢下来,然后再加速飞奔,直到车被拦停。车门被打开,五个身背冲锋枪的士兵喝令马蒂尔德和护士下车。司机试图解释他们正赶往圣玛丽亚医院,而中尉只是回应道:"你们的证件。"他在人脸和证件上的照片之间来回比对了好几次,然后登上车问道:"您又是谁?"

"我是巴勃罗·聂鲁达。"

"您是真的要去医病,还是演这么一出戏为了逃出智利?"

"我得了肿瘤。在那个袋子里有 X 光片和诊断结果。"

中尉看向他的手下,他们向他确认了运送病人的人员身份。

"好,聂鲁达,至少护士是真实的。您若是在这个时刻了却了生命,倒是幸运的。"

"我也这么想,中尉。否则你们得负责操办这事。也是军方的幸运啊，省了很多事。"

"上帝会助我们一臂之力，聂鲁达。"

"错了，现在是魔鬼在帮你们。实在可惜。你们正在帮助那些曾令你们的父辈受尽折磨的人。但这样也好，毕竟饥饿太可怕了，每个人要用自己的方式渡过这难关。有些人穿上了军装，有些人死去。"

"你们这些诗人还真是永远不放弃说些文绉绉的话呢。"

"中尉，是这些美丽的词语来寻找诗人，神让我们相遇。不是我们创造了诗句，我们只是有幸识别出了它们而已。"

"你们安心走吧，聂鲁达。"

"谢谢，请记住，您也是这片土地的孩子。"

救护车重新出发，马蒂尔德从后窗向外看那些士兵——他们说笑、吐痰、脚踢着散落在人行道上的石块。巴勃罗的呼吸声更加急促了，从胸部到口腔都显出呼吸困难。马蒂尔德看向护士，但护士张开双手表示无能为力，因为车上没有氧气瓶。沿着这条路，有成排的武装坦克、宪兵的卡车，还有士兵用带刺的铁丝网搭建的检查站，根本看不到普通百姓。他们要么死了，要么躲在家里不出门。终于到医院了。载有聂鲁达的担架被抬着，沿着白色走廊飞奔。从病房、诊室，还有医护人员的工作服上，散发出一种混合着药物和消毒水气味的难闻的异味。巴勃罗的病房很明亮。里面有两张床：一张是他的，一张给马蒂尔德。两位修女在一旁忙着，帮他进行第一次输液。然后门被关上，病房里只剩下他们俩。

"谢谢你，马蒂尔德。这最后一站，我们已经抵达。情况完全可能更糟。刚才被搜查时，我体会到了一种有趣的感觉。"

"巴勃罗，想到那些被拉开的抽屉、扯开的柜门，还有那些外来的人随意摆布着我们的东西，我觉得简直像强盗。"

"是的没错，是盗窃，是强夺。一种被亵渎的感觉。房间里，我们所爱的物品散落在地板上，一动不动、无力反抗，在未获许可的情况下被粗鲁地搜查蹂躏。"

"的确，那些无序可循的小偷、军人、和谐的破坏者打破了我们原有的秩序。"

"这确实很痛，马蒂尔德，如此痛是因为我们的伤完全由被侵犯的感觉支配。破坏者嚣张之时，被破坏物品的原所有者却不在位。"

"我有一个预感，巴勃罗，关于我们死后的景象。等我们走后，一切都将陷于混乱，就像刚才他们来搜查时的场面一样。"

"是的，但奇怪的是，我似乎感受到超验的感觉。没错，真正的超验——我可以看见我死后发生的事情，不是全部,但很清晰。很可能他们会毁掉我们在黑岛的房子,还有在圣地亚哥的。"

聂鲁达看着马蒂尔德,神情幸福而痛苦。因为意识到在这终极时刻依然能被温柔陪伴,他心生感激之意。

"你累了,去吃点儿什么吧。你去向那些沉默的女士问一问。"

"沉默的女士?"

"是的,马蒂尔德,那些修女。从小我就一直这么称呼她们。刚才她们给我铺床的时候,你看到了没?还有帮我在手臂上扎针的时候,她们好像做任何事都不发出声音。这很有意思。她们可能是来自其他空间的生物。"

"我不饿,巴勃罗。"

"那就喝点儿什么,柜子上有一瓶水。"

"好吧,那我喝点儿,你也能放心。"

"你还记得在卡普里的时候你喝多少水吗?特拉加拉路上那个漂亮的喷泉。"

"含羞草树下那个。"

"正是,你喜欢用泉水打湿你的鼻子、额、手腕和唇。你这样坐着不舒服吧,来,把额头靠在我的手上吧。我闭上眼睛,马蒂尔德,你也闭上。我们一起回卡普里。我们回到那里,就当从没离开过。"

11

第一次赤裸

卡普里岛的拂晓,仿佛涌动着蔚蓝色的血。天空似乎由一缕缕静脉一般的丝线编织而成,清晰可见的毛细血管一直扩散到海面。水流奔涌,等不及释放出自己的能量。遥望那波光粼粼的海面,人们的思绪片段式地快速交替。海面尽头出现的亮光,仿佛鲜血晕开在云间蒸腾的雾气中,宣告新的一天的到来。在索拉罗山①顶上,马蒂尔德和聂鲁达看着这单纯而壮阔的天地,相拥而笑。4月的海

---

① 索拉罗山(Monte Solaro),卡普里岛上的制高点,海拔589米,可向四面眺望海景。

风中,巴勃罗点不着他的烟斗。马蒂尔德在仍浸润在夜色中的礁石上走着。她爬上一个巨石,开始唱起歌来:

风像马儿:你听,它穿过了大海,穿越了天空。它想带我走:听,它在全世界游走,为了带我远离。请把我藏在你的怀里,只这一夜。①

聂鲁达惊讶地望着她,她哼唱的是他的诗句。他爬上马蒂尔德所在的巨石,从身后抱住她。她没有停,继续迎风唱出高昂而坚定的音符。他笑了:"这位女士,您被我发现了咯。您翻看了我的稿子吧。您偷看了我写给您的秘密诗句。"马蒂尔德的最后一个颤音回响在空气中:"只这一夜——"她转过身,吻向巴勃罗的衣扣,把额头贴在他的胸口:"我只读了这几句。"鲜黄的阳光照亮了海岸的巨石,聂鲁达和马蒂尔德回到了带他们上山的缆车上。

"谢谢你安东尼奥,感谢你的牺牲。"

"什么牺牲呀,大师?"

"我知道你们本应两小时之后才开工。"

---

① 歌词原文为西班牙语,出自聂鲁达的诗集《船长的诗》中《岛上之风》一诗。

"大师,您放宽心。① 为了你们,就是要我夜里工作都行。"

巴勃罗在马蒂尔德的耳边低语。她用愉悦的眼神给他回应。

"但是我们没带泳衣。"

"我们可以乘船,然后去湖边,马蒂尔德。"

"遵命,船长。"

上午 10 点的光景,岛上的岩石峭壁像柄古老的宝剑,刺穿了镜面一般海水,彩虹色的波纹荡漾开去。卡普里岛背脊的轮廓在晃动的海水中,显得游移散漫。聂鲁达用力地划桨,马蒂尔德在他面前褪去衣衫。巴勃罗放下桨看着她,没说一句话。在耀眼的祖母绿宝石般的水面上,唯有一叶白帆船肆意漂游。

"巴勃罗,为什么这样看着我?"

"每当我看到你的身体,都恍若初见。"

"真的吗?"

"真的。世界上最困难的事情就是保护视觉的感知度。"

"那你是怎么学会的?"

"你的存在教会了我。你很简单,马蒂尔德。你永远

---

① 原文为那不勒斯方言:teniteve 'o core leggiero。

不故作神秘，因为你就是神秘本体。"

"巴勃罗，狮子不需要让自己具有狮性，黎明无须刻意放出晨光。但我不知道我是不是一只狮子，又或是不是黎明。即便此刻我在这条船上，站在你面前——我并不知道我是谁。"

"你无法知道自己究竟是谁，因为你还活着。"

马蒂尔德起身站在船头的三角形木船板上。她的躯体衬托出海洋的静谧之美，海洋也在平静之中更辉映出她的美丽。她投身入水，消失在微微泛起的泡沫之中。聂鲁达的呼吸突然急剧加速，恍惚于爱人怎么如此就消失不见。在这看不见马蒂尔德的几秒钟里，聂鲁达打开了记忆的大门——从未谋面的母亲、儿时在特木科的破房子里漏到床上的雨滴、加夫列拉·米斯特拉尔[①]的鼓励。这位诗人对他说："写诗吧，巴勃罗，你应该写。你与世界是分离的——只有你的诗才能使你重新融入世界和你自己。"马蒂尔德浮出水面，游在船的周围。她的手臂结实、优雅，线条健美。她的头发此刻不再卷翘，而是顺滑又整齐地贴

---

① 加夫列拉·米斯特拉尔（Gabriela Mistral，1889—1957），智利女诗人、教育家。于1945年获得诺贝尔文学奖，是首位获得该奖项的拉丁美洲女性。1920年前后在特木科担任女校校长时，与当时正上高中的聂鲁达相识。

在脸上，还滴着咸咸的海水。

"来呀，船长！"

"我的水平还没法挑战这样的深潭。"

"真不敢相信啊！你那么爱太平洋，却竟然不会游泳。"

"我迷恋所有让我难以接近的事物。我一出生，母亲就从我的生命中被夺走，还差点儿让我郁闷而死。我渴望我的祖国安宁祥和，他们却志在逮捕我。我刚爱上了你，你却要从我身边逃离。"

"只有当你潜入海中，才能真正感受到它的存在。所有那些我们无法用身体去探索的，我们只能试着用想象来理解。"

"你知道我花了多少时间潜在冰冷的水中，周围游来游去的都是些我从没见过的鱼。"

"这我明白，巴勃罗。说到底，诗人只是一种无法存在于现实中的人。"

"是的，诗人写诗是因为他不会和别人交谈。他创作诗句是因为不知道如何让他的朋友们，或是他喜欢的女人理解自己。海洋对我来说，就像游在水中的你。"

"游在水中的我，是怎样的？"

"目之所向。"

"啊，是吗？我是目之所向？"

"是的。有时你像是从树上掉落下的一颗樱桃。在那些时刻,你是一颗独立存在的果子,美丽且独一无二。现在,当你在水中游泳时,却像是颗还长在树上的樱桃,与你的枝杈、你的母株,还有海水融为一体。现在你正在这个容纳着你的世界里。凝望着你让我有幸能够进入你的世界,融入孕育你成长的树木和土地。凝望着你让我想探索你的一切。"

马蒂尔德抓住晃动的船身,手臂和肩膀的肌肉拉紧,跃出水面跳上船,露出了微笑。巴勃罗拥她入怀。巴勃罗身体的温热与她身上海水的冰凉交织在一起。他将右耳贴近马蒂尔德的左耳。

"让我听听你的贝壳在说些什么。我听到你耳朵里传来的悠长声音,它肯定听到过很多你都不一定知道的事情。"

马蒂尔德依然被他抱在怀里,船轻摇,正像是温柔的摇篮。时间在他们身边滑过,仿佛飞鸟轻盈的羽翼。哪怕只有几秒钟的一瞬,两人也思绪万千。流动的热血中百感交集。她缓缓地重新穿好衣服,巴勃罗拿起桨向岸边划去。马蒂尔德的双脚长得十分完美,修长的双腿在春日的阳光下熠熠生辉。她的臀部有着结实的线条,丰满的乳房被呼吸推涌,仿佛一位来自遥远地方的女神,来到这岛的海水里游泳。

"你看，马蒂尔德。那是卡米洛。"

"他在那儿！他脱下了背心，在空中挥舞着和我们打招呼呢。"

聂鲁达和马蒂尔德挥舞着帽子和毛巾回应他。卡米洛是个八岁的小男孩。很瘦、金发，两只蓝色的大眼睛。他站在一块高高的岩石上，旁边竖着根鱼竿。聂鲁达认识他有两个月了。每次聂鲁达和马蒂尔德一起到海边来，都看见他待在悬崖边或者大岩石上钓鱼，无论当时是阳光普照或是细雨绵绵。

"教授①！"卡米洛开心地喊着，从至少有五米高的地方跳进海水里。他划了几下水就游到了船边，抓住船，吐了口海水。

"把手给我，上来吧。"

"早上好，教授！早上好，女士！"

"你怎么离开了你钓鱼的据点呀。"

"别担心，我把鱼竿卡在了石头缝里。那鱼若是闻不到我们这些天主教徒身上的气味，反倒更容易上钩。等我回去，那鱼就在那儿啦。"

---

① 原文为那不勒斯方言：prufesso'。

"你今天想钓到什么?"

"要能钓到条漂亮的鲷鱼就好了,教授。而且要大的。昨天天气不好,结果我们晚饭什么都没吃。"

"怎么会?什么都没吃?"

"就是什么都没吃,教授。我妈妈说她不饿,但我不信。我的小妹妹喝了卡梅拉夫人送我们的一杯牛奶。"

"你妹妹多大?"

"五岁,教授。"

"你从来没有和我提到过你爸爸。"

"我能和你们说什么呢?我妹妹一出生他就去了美国。我妈妈说他刚开始还往回写了三封信,后来就没有再写了。"

"卡米洛,你们只吃你钓上来的东西吗?"

"那我们还能吃什么?只能吃我钓上来的呗,前提是我得去钓。"

"你妈妈没有工作吗?"

"夏天有时会有工作。她在那不勒斯给一位夫人做家务活,但是赚的钱很少,很快就花光了。"

"那每年其他的时间她做什么呢?"

"哭。对着我爸爸的照片哭。"

马蒂尔德正帮孩子擦干他的背,他说最后这句话的时候马蒂尔德的手慢了下来。然后她开始用双手焐热他的头发。聂鲁达向海滩划去,看到了卡米洛留在岩石上的鱼竿。鱼线被拉得很紧,另一头消失在水面下。

"卡米洛。"

"在,教授。"

"你把这些钱拿着。"

"给我的?"

"是的,给你。"

"但是太多了。"

"我不知道多不多。"

"我拿这些钱干吗用?"

"你可以去买,比如十包面条、一瓶油、六个鸡蛋、水果还有咖啡和糖。"

"教授,我还是不要拿的好。"

"为什么?"

"我会养成坏习惯。有一天你们走了,之后谁还会给我钱呢?"

"现在你先拿着这些钱,我们只说现在。我也不知道会不会离开这里、什么时候离开。你先拿着吧。"

卡米洛用右手紧紧攥着这三张钞票。船到了岸,聂鲁达、马蒂尔德和那孩子一起把船推到白色沙石上。

"可别把钱弄丢了。现在去买点儿东西，然后就回家。"

"谢谢，教授。"

孩子赤脚走上通往镇子的石阶。诗人把桨在船上放好，拿起他的帆布袋背在肩上。

"巴勃罗……"

"怎么了？"

"那是我们仅剩的钱了，对吗？"

"是的。"

"你做得很好。"

"我用三张纸买到了两个微笑。他的和你的。"

"希望从智利给你发来的版权费能送到。"

"希望吧。"

巴勃罗和马蒂尔德望着走远的卡米洛。那孩子停住脚步，转过身来。然后，突然向他们跑来，一路跃过岩石、细沙和碎石，跑回到他们面前。

"教授。"

"怎么了？"

"我有个想法。"

"什么想法？"

"你们能教我认字吗？"

"认字？"

"对。这样等你们离开卡普里的时候，留给我的会是任何人都从我身上拿不走的东西。钱总会用掉，但读书的本领会一直在。"

"好的。那你得每天早上9点来我家找我。你知道我住哪里吗？"

"嗯，在特拉加拉那里。"

"好孩子。"

"教授，每节课我该付给你们多少钱呢？"

"那就一里拉吧。十节课，十里拉。"

"不会太少吗？"

"不会。这就是正确的价格。"

"所以，如果我从你们给的钱里拿出一百里拉，就可以上一百节课。是这个意思吗？"

"对的。"

"那我们什么时候开始呢，教授？"

"明天。"

"好的。那我现在去买东西了。"

"去吧。"

"啊对了，不好意思，教授。读书和有时候人们说的文学是同一件事吗？"

"是相似的。"

"'是相似的'是什么意思?"

"读书,是你学着理解文字的意思。而当你学会感动,那就是文学了。"

"我终于明白了。但是不好意思,教授,我们费这么大劲儿,都是为了要学会哭吗?"

"我们费这么大劲儿,都是为了不怕哭。不过文学也会让人笑,你知道吗?"

"真的?"

"千真万确。会让人笑,会让人哭,让人产生想象。文学会让你变得更有耐心、更善良、更有智慧。但这里面有个秘密。"

"是什么秘密?"

"所有这些改变,都只会在你真正想要它们发生的时候才会发生。"

"我真的很想有这些改变。"

"那我就真的相信。现在快走吧,否则商店都要关门了。"聂鲁达慈祥地笑着,抿了抿嘴。"你看到没,马蒂尔德?一百节课、一百里拉,还有两张笑脸。我们何其富足。"

12
意外

阳光点亮了白色的亚图罗居,仿佛一场光亮的盛宴。在葡萄藤架的藤蔓上、窗户和露台的圆拱处,麻雀飞来飞去。聂鲁达为吃饭布置了一张旧木桌,准备了蓝色桌布、绣着船锚的白色餐巾和高脚杯。现在他点上了烟斗,走向栏杆。从那不勒斯开来的渡轮在海上航行,身后留下一串逐渐消散的白色奶油般的泡沫。

"可以吃啦,巴勃罗。"

"啊,蛤蜊面!还有油炸团子!我始终没明白,你是如何在我们到达的第二天学会制作油炸团子的。"

"和我在智利做的油炸团子并没有很大的不同,切里奥人特别好。看，这是他今早钓的鲈鱼。"

"偶尔我会怀疑，自己是否值得拥有我所有这些朋友，有人把房子给我，有人给我声援，甚至有人给我钱。"

"钱？"

"比如，阿利卡塔。我在那不勒斯的时候，他曾借给我五千里拉。那是因为之前我认识了一位在君士坦丁堡大街的书店老板。我每天早上都去他店里。抚摸着那些19世纪的旧卷本的书脊，闻着那油墨味，令我感到松弛安宁。有一天，书店老板告诉我他的妻子生病了，需要钱买药。所以，我去向马里奥① 要钱了。"

"但这位书店老板应该会把钱还给你啊。"

"他本来肯定会还我。但就在第二天，警察来到我的住处下达了驱逐令。是的，然后我回到了那不勒斯，真的就是这样。但我如果再去书店意味着会让他难堪，这感觉很难解释得清。于是我每天去书店的习惯就这么放弃了。如果我突然在那儿出现，就相当于在暗示他还钱，我做不到。"

"那你就别惦记这事了。"

"没问题，我没惦记这事。"

---

① 马里奥（Mario），阿利卡塔的名字，其全名为Mario Alicata。

"你会原谅我未经你同意读了你的诗吗?"

"我原谅你,这不还笑意盈盈。"

"我只是读了今天早上唱的那几句。真的,它们令我无法抗拒。"

"我正在准备一份给你的惊喜。"

"什么惊喜?"

"你看到的那些都是写给你的诗。致马蒂尔德·乌鲁蒂亚。"

"巴勃罗!"

"快吃吧。面条热的时候好吃。有些诗你是听过的,有些我还从没读给你听过。你说不出话了吗?那你听着。"

彻夜我与你共眠,

在海边、在岛上。

你狂野而又温柔地在欢愉与困意之间,

在火与水之间。

也许过了很久,

我们的梦相遇,

在高处或深处,

在高处像是被同一缕风撩动的树枝,

意外

在低处像是互相触碰的红色树根。

也许你的梦
游离出我的梦,
在幽暗的海中
找寻我,
恍如从前,
那时的你尚未存在,
那时的我还未见到你,
便已航行在你身旁,
你双眼寻觅着的
"面包、美酒、爱情和怒火",
此刻我盛满了双手献给你,
因为你如酒杯,
正等待我的生命带来的馈赠。

我与你共眠
彻夜,
当黑暗的大地旋转
在生与死之间,
而我突然醒来,

在暗影中，
我的手臂环绕着你的腰。
无论夜晚还是困倦，
都无法将我们分开。

我与你共眠
你的唇唤醒我
从你的梦境里来
带给我大地、
海水、海藻，
以及你生命深处的味道，
我收到了被晨曦
浸湿的你的吻，
仿佛从环抱我们的
大海中来。

聂鲁达看着马蒂尔德，轻声念着他的诗。她坐着，紧握双手，目光停留在脚尖上，但并没真的在看什么。巴勃罗的声音从她的额头滑到嘴边，令她咬紧了嘴唇。现在，他念完了。

"我似乎不太擅长哭。"

"我写这些是为了让你笑。"

"但是文学教会我们不害怕被感动,这是你说的。"

"没错。"

"只是,我从诗人的诗句中,还学到一个能力。"

"什么能力?"

"我学会了独自哭泣,当你不在我身边的时候。有些时刻歌手并不想听音乐剧,尤其是和别人一起。然而在那些孤独的时刻,她又无法拒绝。我觉得很幸福,巴勃罗。能意识到幸福,是一个人生命中最值得珍惜的感觉。我们从小就经历的不幸,让我们能在安逸时仍睁着眼睛保持清醒。一直与我们相伴的不幸,教会我们感知什么是完美的时刻。在我们来到岛上的那一刻我就完全明白了,你就是我要用一辈子来对话的那个人。小时候,当我在奇廉周围的乡间闲逛时,我下决心要找到一个有回声的山谷。我也不知道它是否存在,甚至不知道为什么自己会有这个念头。我来到海岬高唱,又跑去山崖唱。后来,三年之后,我终于发现了一片高地,那里长满了笔直的栗子树。看上去就像是一根根长矛直指天空,茂密的树叶就仿佛长矛上碧绿的羽毛。那片森林中隐匿着两个村落,在平原的尽头依稀能看到些屋顶。烟囱里冒出的袅袅烟气仿佛石屋头上的冠冕。我大喊了一声。连一个词都算不上,只是发出了一个音节。一个随着我的呼吸自然带出的音节，一个没有任何意义的音节。而这小马蒂尔德的喊声竟然产生了回响，两次、三次、四次、五次，一直到第十一次。我听到了自己的回声，我激动得心潮澎湃。山谷吸纳我的声音，对它进行复制、再造，并赋予它各种变调，使之愈发柔润和缥缈。山谷令我那些无意义的呼喊，生发出更多无意义的呼喊。就好像我把声音投进一个空洞，却在回音中发现了它的父亲、兄弟，还有儿子。当我遇见你时，巴勃罗，我也遇到了同样的惊喜。我明白了'意外'这个词的意义。我并没特意去找寻，却意外发现了高地能以回声回应我。和你交谈时，即使不是什么重要的话题，你也能将我的话语诠释出充沛的情感，令我享受其中。你还记得最早我们在圣地亚哥的那几次交谈吗？我们并没有一直在说多么深刻的大事。但每每我随意对你说些可有可无的话时，你却总能令它们生出无数丰富的意义回馈给我，以一种难以下定义的力量，一种轻巧的力量。"

"马蒂尔德，我正在为你准备的诗集正说明了你也是我的回声。你能够唤起我心中的忧郁、对正义的渴求，还有不安，令它们发出回响。才让我有机会思考我的混沌。回声将我们心中的声音送还我们，让我们终于能听到它，而不会在为了发出自己的声音而竭尽全力的过程中迷失自己。我们终于可以评判、修正和享受我们的声音。而且,你身上还发生着另一个奇迹——每一天,你都是我沉默无声的回声。"

大门口铜铃的丁零声告知主人有人到访。

"应该是埃德温·切里奥。"马蒂尔德说。

巴勃罗看了看钟,笑着答道:"我觉得不是他。"

聂鲁达去开门,而马蒂尔德起身看向大海。那是下午3点,海水拍打着岛屿上的岩石,溅起一片片纯白的浪花。

"马蒂尔德,有惊喜哦,你准备好了吗?慢慢转过身来,看看谁来了——卡普拉拉!"

"哦,卡普拉拉,您好啊!终于有机会认识您了。快进来,您请坐。"

"您好,夫人。我知道这算不上什么惊喜,但我真的很高兴见到你们。从另一个角度而言,在卡普里岛,不断有惊喜出现在我们眼前,与之相比,别的都不值得一提了。"

"巴勃罗,这事你为什么对我只字未提?"

"因为我想要给你一个惊喜。"

"你告诉我的话,我们就可以邀请卡普拉拉在这儿吃午饭。"

"不用了,谢谢您夫人。我赶着回去,我在这儿可是逃脱着公职呢。不到两个小时之后我会乘最后一班渡轮回到那不勒斯。但我写过一封类似大仲马文风的信，信里我答应了大师会再回来的。"

"非常感谢，我和马蒂尔德都很感激您。"

"我这次来，是作为文艺的信使，我很乐意做这差事，也因为能把好消息带过来。亲爱的大师，您的诗集即将出版。钱的方面没有问题了，因为出现了一群资助者。他们自筹资金为了向才华致敬。我在这张单子上写下了他们的名字：保罗·里奇①、卢奇诺·维斯康蒂②、雷纳托·古图索、若热·亚马多、乔治·拿波里达诺③、杰拉多·奇亚罗门特④、艾尔莎·莫兰黛和帕尔米罗·陶里亚蒂。此外还有卡尔洛·莱维，瓦斯科·普拉多里尼⑤和萨尔瓦多·夸西莫多⑥。当然，我们会找到更多资助者。我们将

---

① 保罗·里奇（Paolo Ricci，1908—1896），意大利画家、政治家、记者。
② 卢奇诺·维斯康蒂（Luchino Visconti，1906—1976），意大利导演、编剧，新现实主义电影流派代表人物。
③ 乔治·拿波里达诺（Giorgio Napolitano，1925— ），意大利政治家，于2006—2015年连任两届意大利总统。
④ 杰拉多·奇亚罗门特（Gerardo Chiaromonte，1924—1993），意大利政治家、记者、作家。
⑤ 瓦斯科·普拉多里尼（Vasco Pratolini，1913—1991），意大利作家。
⑥ 萨尔瓦多·夸西莫多（Salvatore Quasimodo，1901—1968），意大利诗人，"隐逸派"诗歌的代表人物，1959年诺贝尔文学奖获得者。

用精致的纸张打印四十四份样本。其中三本留给作者,剩下的四十一本将会分发给支持这项事业的人,在每一本上都印上一位支持者的名字。现在我需要三样东西:手稿、诗集的标题,还有一杯咖啡。"

"手稿在这个橙色公文包里。如果我们还想活久一点儿,咖啡还是让马蒂尔德来做吧。这个诗集的标题嘛,今天早上某位赤身裸体的女神给了我启发,毫无疑问她也正有意把这个名字赠予我,就叫作《船长的诗》。"

她微笑着起身,愉快地穿过露台。卡普拉拉走向观景台的护墙,望向大海。他英俊的额头迎着肆意的阳光。现在他深吸了口气,然后看向他身旁的诗人。

"聂鲁达,与幸福的人相识真是美好。"

"就在刚刚,我与马蒂尔德还在说,我们能意识到自己是幸福的。但这一切也让我产生了一种奇怪的负罪感。早上刮胡子的时候,我对着镜子说:'你真棒啊,在这里做着个奢侈的流浪者。'然而,你本应该在智利与工人们一起,教孩子们识字,参加农民会议,与他们一起受苦。"

"聂鲁达,如果你在智利,会有被逮捕的危险。"

"我向她保证很快就回来。"

"对此我并不怀疑。当我身处众议院或在参议院的走廊时,我也会想我应该和那些无家可归既没有工作也没有希望的那不勒斯人在一起。一旦可以，我就会去。但每个人都有责任留在对别人最有用的地方。如果你一边开公交车，同时你还想帮乘客取票，那可能最后自己要崩溃了。大师，现在适合您的地方就是卡普里岛。在这里您可以写作。亲爱的船长，您为民主锻造的真正的武器，是您的诗句。请保存这份能量，将它充满，当您回到圣地亚哥的时候您会需要它的。"

咖啡的香气比马蒂尔德抢先一步到来。春日的下午，一杯杯咖啡氤氲着热气。喝之前，卡普拉拉举起他的咖啡要干杯。马蒂尔德和巴勃罗微笑着回应他。诗人打开桌子上的文件袋，轻快地浏览起来。

"就是这些，卡普拉拉。"

"好重的责任。如果我弄丢了怎么办？"

"这稿子不会丢。我给马蒂尔德做了一个复本。从今天起，它们就在这个热衷于我的秘密的女人手里了。"

"那么再见吧，夫人。再见，聂鲁达。好好享受这天堂般的生活。"

"我会的。但是我想念我的人民——我在这天堂里，既渴望尽可能留下，又希望尽快离开。再见卡普拉拉。我们希望很快再见到你。"

13

你不在我身边的那些夜晚

一棵耀眼的橙树隐没在树岛上的礁石之中，聂鲁达和马蒂尔德在其间开凿出的小道上挽着手散步。附近人家的花园里散发出甜腻的香气——遍布的紫藤花竞相绽放。在迂回蜿蜒的白色小路上，他们的笑声先于脚步声传来。两人之间的对话仿佛一首欢快的情歌，深沉的音符与假嗓子发出的花式高音交汇。"你还记得罗马火车站那天吗？"

"卡普拉拉，他真是个绅士。"

"吻我，马蒂尔德。"

"吻我，巴勃罗。"

"你红头发的样子真好看。"

"明天我教你游泳。"

"我还想你在索拉罗山上唱歌给我听。"

"现在,《船长的诗》是我的了。"

"没错,你都可以读了。"

当他们走近卡普里中心区,街边店铺里人们微笑着问候起来:"晚上好啊,教授。①"

"晚上好,夫人。"

"爱情的样子多美好啊。"②

"大师,你们总在一起呢。"③

小广场上的一家小比萨店有六张木餐桌摆在露天。手臂上搭着餐布、打着领结的老招待埃马诺向他们鞠躬问候:"大师,你们请坐。"巴勃罗没带钱,窘迫地看向马蒂尔德:"我们没法在这儿吃,我把钱包忘在家里了。"埃马诺拉开椅子:"大师,有什么问题吗?死去和付钱这两件事,有的是时间。"

聂鲁达笑出声来,便坐下了,他抓起马蒂尔德的手对她说:"钱包我带了,不过里面没钱。"

---

① 原文为那不勒斯方言:Buonasera, prufesso'。
② 原文为那不勒斯方言:Comm'è bello l'ammore。
③ 原文为那不勒斯方言:Maestro, stateve sempe cu nnuje。

"我知道,巴勃罗。不过明天给卡米洛上第一次课,我们就能有几块钱进账了。"

比萨非常美味,白葡萄酒也十分可口。埃马诺讲起一位来自奇兰多①的詹文琴佐·科波拉男爵②的故事,当年他在那酒店一直住了五个月,因为没钱,而他本来只想住三天而已。巴勃罗听得津津有味。

"他没钱为什么还留下来呢?"

"因为他付不出钱,为了不丢面子,就不肯退房离开酒店。然后这位可怜的男爵,每天都到我这儿来,就坐在你们现在坐的这位置跟我说:'埃马诺啊,希望明天能发生点儿什么事。'"

"那他最后怎么样了?"

"最后他想要的'明天'真的来了。男爵供养的一位住在帕尔马的老姑妈死了,给他留下了一笔数目惊人的遗产。然后他就支付了酒店的房钱,留给每位服务生一笔多到能把人吓晕的小费,结清了欠比萨店的饭钱,给我呢留

---

① 奇兰多(Cilento),全称 Sessa Cilento,位于意大利坎帕尼亚大区的一个小镇,距离那不勒斯约一百三十公里。
② 詹文琴佐·科波拉(Gianvincenzo Coppola),奇兰多地区贵族科波拉家的成员,瓦莱(Valle)男爵爵位的最后一位继任者。

下了这块百达翡丽①。好看吧？大师，不幸和麻烦也总有两面。当你们见到一面，你们只需要有点儿耐心，等待另一面的出现。"

"不过美好的事物也有它的两面啊。"

"大师，您这真是妙语。所以当我们面前有美好事物的时候，可千万别浪费时间啊。应当好好享受，因为没人知道第二天它会以哪一面示人。"

教堂周边一片寂静，巴勃罗和马蒂尔德手牵着手走着。子夜教堂的钟声响起，他们走到卓维斯别墅②的古罗马墙群，走到达麦库塔别墅③的花园。现在他们往家走了。菜园里的香气越发浓郁了。幽暗的海岛上，夜空吐露着冰冷的蓝色微光。亚图罗居到了，马蒂尔德将钥匙插入锁孔打开了门："进来吧。"巴勃罗在黑暗中跟随着她，她走到面向大海的客厅，壁炉点着了。巴勃罗喜欢回到家的时候炉火烧着，所以他出门前选了三根橡木柴放进壁炉，这会

---

① 百达翡丽（Patek Philippe），瑞士一家奢侈钟表制造商，成立于1839年。
② 卓维斯别墅（Villa Jovis），位于卡普里岛东部海角提比略山上，是古罗马皇帝提比略（公元前42年—公元37年）在此建造的别墅群中较为重要的一座。提比略皇帝在位时曾在此处统治帝国达十一年之久。其遗址现为卡普里岛游览胜地。
③ 达麦库塔别墅（Villa Damecuta），位于卡普里岛西北部，是古罗马皇帝提比略在此建造的别墅群中的一座。其遗址现为卡普里岛游览胜地。

儿他又加上两根。他耐心地把炉火收拾好，用草管向炉子里吹气。火苗旺了起来，开始欢乐地舞蹈。马蒂尔德在一张藤椅上坐下，巴勃罗也在她对面坐下。

"我在想所有那些你不在我身边的夜晚。这会儿我们回到家，你坐在这儿，是我最大的宽慰。我喜欢看这炉火在你脸上绘出的光影变幻。光啊，马蒂尔德，光。你在找你的回声，而我从小就寻找光。我常去一个小教堂，因为那儿有着美丽的彩色花格窗。我着魔似的喜欢看日落时分那浓烈的色彩：黄色、橙色、红色。我感觉时光转换之际会迸发出一种愉悦，它不取决于人，没有任何理由，是一种来自宇宙的愉悦，馈赠给我们它的能量。这是我一直没丢掉的心头好。即使我长大之后也一样。到了一个不熟悉的新城市，我总要去一间间教堂里去看里面发出的光。当然那些花格窗并不发光，它们也会带有欺骗性，就好像人类有时候的样子——假装成一个样子，其实并非如此。但优美的彩色玻璃增强了光自身的存在。马蒂尔德，当我刚见到你的时候，当我现在不断更多地了解你，你带给我的感觉就像沙特尔大教堂①的花格窗一般，你给我带来的满

---

① 沙特尔大教堂，位于法国城市沙特尔（Chartres），始建于12世纪，是欧洲哥特式建筑的代表之一，收录于世界文化遗产名录。其超过两千多平方米的一百七十多个彩色玻璃窗，以蓝色和紫色为主调，被认为是当时法国玻璃艺术的典型代表。

足感就像巴塞罗那大教堂[①]的花格窗带给我的一样。你身体里有一种带有光芒的力量，汇集起来又重新激发出世界的美好。你眼中的光从远方，吸引我努力地想要探索内里更多的奥秘，吸引我想要打破那多彩的玻璃窗去探索里面的纯粹到底来自何处。光没有自己的结构，没有色彩。是玻璃花格赋予了它色彩和结构。和谐不是来自于一个颜色、一种结构。而你，给我的和谐赋予了结构和色彩。我还记得当我还有无数未知之处待要探索的时候，我还记得那探究时的快乐。马蒂尔德，把披巾拿掉，来，站在这儿，在火炉前。解开你的裙扣。脱下来吧，脱吧。让我好好看看你的手臂、你的胸。让我看看你的腰、你的腿。转过来，对，就这样，这样就能看到你的后背在火苗的照映下是多么美。就能知道你的皮肤聚集了多少光和影。现在，走过来。脱掉鞋吧。好，到我这儿来。停一下，再让我看看。尽管此刻我们只是这世界上一个小岛上炉火前的两个小人儿，但有你在就让我清晰地感受到上帝的存在。"

[①] 巴塞罗那大教堂，位于西班牙城市巴塞罗那（Barcellona）哥特区，初建于13—15世纪，是典型的哥特风格建筑、该市最引人注目的地标之一。

14
本质之屋

在康复中心，机枪的扫射打破了那里的平静。这样的枪声每天都会响起好几次。在夜里，飞机贴着屋顶飞过。时不时，在拂晓时分，零落的枪声刺穿空气，成为执行处决的刽子手。聂鲁达躺在床上。现在他似乎已经完全失去了对时间的概念。

"马蒂尔德，我们在这里多久了？"

"十二天了，巴勃罗。今天是9月23号。"

圣玛丽亚医院的病房映着微弱的粉红亮光，夕阳的最后一抹余晖即将消逝，转为傍晚的暗蓝。诗人盖着一条绿色毯子。在过去的一百多个小时里，马蒂尔德和巴勃罗就这样闭着眼睛，仿佛回到了卡普里岛，两人在对方话语的陪伴下徜徉漫步。当聂鲁达眼前出现特别的景象时，便会握紧马蒂尔德的手，而她也温柔回应。然而，他们这回忆的玩法，并不是悲悲切切地追忆往昔。他们并非只是在回顾过往，而是以复调的方式，探索着这将两人永恒相连的时光。

"我觉得我同时过着两个人生，马蒂尔德。如果我把眼睛睁开，我就活在这医院空荡的病房里。如果我闭上眼，我就和你一起在卡普里。这种感觉棒极了——我的双脚跨着两个维度，只需一步就能完全进入其中一个，或是另一个。"

"我也有这种感觉，巴勃罗。岛上的时光和此时此刻，在我看来，是同一张脸的两个侧面。只是，我不想这纷繁的思绪让你感到疲倦。"

"恰恰相反，这思绪能陪我走完这段路，我没有多少时间了。别这样，你别难过。你不能背弃和我的约定。我走之后，你还要活下去。我走之后，你还要继续战斗。"

聂鲁达微笑着，几小时以来一直有的呼吸急促的感觉也有所缓和。一位蓝眼睛的年轻修女来到病房门口，恭敬地报告："大师，有人找您。"

何塞·米格尔·瓦拉斯、费尔南多和墨西哥大使走了进来。

"早上好，我的朋友们。你们用不着勉强微笑啦，自然、淡定一些就好，我不过是要死了。马蒂尔德，你去吃点儿东西吧，现在我有他们陪着了。"

她轻抚了下聂鲁达的额头，与客人握手，然后离开了房间。长长走廊里的冰冷的灯光令她感到沮丧和不安。修女们从一间间病房轻声地走进走出。她觉得这栋楼，就好像智利那些正在经历最终考验的地方一样。

从巴勃罗的妹妹劳拉和朋友特蕾莎那里，马蒂尔德了解到了在智利正发生着的所有事。有人被枪打死，尸首被遗弃在路边，或是漂浮在马波乔河①的水面上。皮诺切特将军的手仿佛一只利爪，正撕裂着这个国家。三年来，是萨尔瓦多·阿连德在这片贫瘠的土地上，在人们的眼中点亮了希望。他最终的结局却无人知晓——有人说他饮弹自杀了，还有人说，是前一天还向他宣誓效忠的军队杀害了他。可现在，马蒂尔德想着，恐惧又将从头再来，没有尽头。然而，只要一天没有终结，就应该一直抗争下去。她不知道巴勃罗的司机在哪里，她最后一次见到他还是入院

---

① 马波乔河（Fiume Mapocho），智利河流，从安第斯山脉向西流，将智利的首都圣地亚哥一分为二。

那天。在这段时间里,他们逢人便抓,并加以折磨迫害。大堂里有一面大镜子,她看着镜子里的自己——她觉得穿着白色连衣裙的自己,就像故事里的小幽灵。瘦弱、高颧骨,她摸了摸自己的脸,转身坐在一个木凳上,听到病人们发出的呻吟声从远处传来。她想着巴勃罗走了之后自己将会怎样。没有了巴勃罗,她将如何活着。她想:巴勃罗是对的,我不能背弃于他,我得活下去。我必须活下去。

马蒂尔德重新回到房间时,聂鲁达正和朋友们告别。

"看,马蒂尔德。何塞·米格尔给我带来了《英雄事业的赞歌》。这是第一个印本。它迟来了十二天,但至少现在我见到了它。谢谢你们能赶来,但不要再回这里了,外面到处都非常危险。"

马蒂尔德关上门,现在又只剩他们俩了。

"刚才来过一位医生给我注射,应该是新来的,我以前从没见过他。"

"一位医生,巴勃罗?"

"是的,很年轻,人很好。"

"墨西哥大使和你说了些什么?"

"他告诉我他的国家欢迎我去,并请求我马上离开智利。"

"你怎么说?"

"马蒂尔德,他们告诉我,路上满是尸体,每个角落都会突然响起枪声。你记得我的朋友维克多·贾拉[①]吗?"

"当然记得,那位歌手。"

"就是他。他们发现了他的尸体,双手都被砍了。我要留在这里,马蒂尔德。我就留在智利。我的人民在死去,我不会离开他们。我现在没有力量,不能为他们做任何事,但我也不能离开他们。"

"巴勃罗,求求你,别激动。"

"你之前就已经知道这些情况了吧,马蒂尔德?"

"你妹妹和特蕾莎告诉过我正在发生的暴力事件。"

"你为什么不和我说?"

"我不想让你难过。喝点儿水吧。"

"我早就知道了,马蒂尔德。早在我的朋友们告诉我之前,我就都知道了。昨晚我梦见了一个俊朗的年轻人。高高的额头,淡褐色的眼睛。就在正午的阳光下,他被四名士兵抓住,按在农民家的墙边。他们向他的胸口开枪,杀死了他。他慢慢地倒下,身躯优雅而坚毅。在那一刻我醒了过来,心口剧痛。我感觉像是他们开枪杀了我一样。我看了看你,而你正熟睡。幸好你是睡着的。我又闭上眼

---

① 维克多·贾拉(Víctor Jara,1932—1973),智利歌手兼词曲作者。

睛，希望重新入眠。我想回到那个场景里，想再看看那个死去的男孩。我居然做到了，马蒂尔德。他躺在地上，眼睛还睁着，鲜血沿着草地流淌。我突然听到一声尖叫。他的母亲从田野狂奔过来。那些士兵瞄准她，开了九枪。她倒在烟叶丛中，爬起来，又倒下。就那样消失在大片绿色的叶子中，仿佛从未存在过。

"过了一会儿，我又梦见自己在橡树顶上。我紧紧抓住它最细的树枝。在农场门前有一张桌子。维克多·贾拉被绑在桌子上。在他身边，有十二名穿着灰色制服的男子。他们在笑。其中一个拿起刀砍断了他的左手。然后，他平静地绕到另一边，又一刀砍断他的右手。我从树上看到了这一切。我想冲下去，但动弹不了。我想尖叫，但从嘴中只冒出了空气。我醒了，我感到喘不上气，几乎要窒息。我感到双手非常痛，有一瞬间我甚至觉得它们已经不在了。可能我哭了一会儿。后来我又睡着了。我看到一个留着黑色长发的女孩，背部被刺伤了。我看到一个老人被抓住，他们割了他的喉。现在我感到很痛，我的手痛、背痛、胸痛。这里，在喉咙这里，我觉得像被钳子夹住了，甚至眼睛都疼。如果有可能去验证的话，我觉得我梦到的一切都是真实发生过的。我确信发生的事实就像我梦到的那样。令人难以置信的是，马蒂尔德，我坚信他们在我的人民身上所做的一切，我都能感同身受。别这样看着我，我还没有神志不清。我会和智利一起死去。但我相信智利会有重生的那一天。"

聂鲁达从她手里接过杯子，喝了几小口水，然后开始看着她。他的目光落在她的额头、鼻根、嘴唇和头发。在两人瞳孔的深处，漾起一抹微笑，蔓延到颧骨和嘴唇。这一抹微笑带有对命运的感恩，使得他们能像这样彼此凝望了二十七年，并且此时，仍能在医院的病房里相望，尽管死神已经清晰得让人感到他靠近的脚步。

"你为什么这样看着我，巴勃罗？"

"你觉得孤单吗？"

"不会。我不觉得孤单。但今晚我在想，孤独中的爱有多么强大。"

"什么意思呢？"

"当我们见不到我们所爱的人时，我们的内心，就会和那不存在的人进行交流。我们整天都在和这位爱人说话，好像他就在我们面前。我们心跳加速，想象着一旦见到自己喜欢的人，我们会对他说些什么。我们组织出美丽的辞藻和句子，终于能将我们之前表达不出的深刻的感情充分倾吐。我们希望能把所有之前隐藏在内心的小动作，一股脑儿全做出来，补上那些错过的爱抚。我们爱的人能令我们的存在变得完美，我们一直对着他说话，以至于连走路、吃饭、睡觉的时候，都能听见我们自己讲话的音调。我们与之斗争的，是一种不能倾倒出我们全部灵魂的无力感。最终我们认为，假如我们的情感像一杯水，在底部一定存在着最纯净的一滴，这时候我们担心的是没法找到一个配得上它的人，可以将这一滴托付于他。爱的独白往往秘而不宣。这也许是两人的亲密关系中最美妙的部分。再喝点儿水吧，巴勃罗。你要知道，有些话我从未对你说出来，但它们也都是属于你的。"

窗外的一切笼罩在夜幕之中。房间里的阴影，正与床头柜上亮着的小灯形成鲜明对比。这通透的寂静中，只听见聂鲁达急促的喘息声。

"我要和你说一件特别的事，马蒂尔德，一件你可能会感到惊讶的事。是这样的：撇开身体上的疼痛，我觉得死亡是美的。"马蒂尔德深情地望着他，像是一位母亲面对她的小宝宝说出第一个单词的样子，这第一个发音对发出它的人和听见它的人而言，都是一个奇迹。

"终于，我会成为一个与巴勃罗·聂鲁达同一天出生的人，出生在巴勃罗·聂鲁达出生的同一个地方，写过和巴勃罗·聂鲁达所写的一样的诗句，却不再是巴勃罗·聂鲁达本人。我将摆脱当某个人的重负。我将会是一切，因为我什么都不是。我什么都不是,因为我可以是一切。我将变成夏天雨后水蒸气从地面升起的样子。我跨一步的距离,究竟是一米还是一公里,并没有多大差别。我不会再相信大海与土地是分离的。天空将同时出现在我的头顶的上方和下方。我能理解麦穗的感受,无须语言。因为那时的我也像麦穗一样,不再需要说话了。我不再确信麻雀比长颈鹿小。而你的脸,马蒂尔德,就像月光所及之处那么大。金星和火星将和你的肚子一样小。我不再需要把你当成另外一个人去爱你,因为我的一切都不复存在,将完全归流于你。"

马蒂尔德长长地吸了一口气,与奔涌而上的一股热气在中途交汇。她这样做正是为了不哭出来。

然后她说:"我们再来吸氧吧。"

差不多过去了一个小时。聂鲁达看起来平静了一些。她坐在他身旁,握住他的手,努力地露出微笑。

"闭上眼睛,巴勃罗。"

"你也闭上,马蒂尔德。让我们回到卡普里。"

15

月亮的诺言

　　岛上 4 月的正午，灿烂炫目。聂鲁达坐在比萨店的桌子旁，面向小广场，等着马蒂尔德。她一早醒来，就去了渡轮码头，要拿一份神秘的文件。诗人看着他的手表，教堂的钟楼已经敲响了 12 点的钟声。来了，是她。她从卖水果的小摊之间穿过，绕过磨刀师傅的车，手里拿着一个白色的信封。聂鲁达站了起来，她严肃地慢慢接近他，最后三步还特意慢了下来。她笑着，那是巴勃罗从未见过的灿烂笑容："我怀孕了。"她亲吻了下信封，把它伸到巴勃罗的鼻子底下，巴勃罗也吻了下信封。他们拥抱，开怀大笑，还情不自禁地跳起了舞。

"可你是什么时候去做检查的?"

"是萨拉帮的忙。她一直在那不勒斯和这儿之间来来回回,惊喜就是这么出人意料。"

老招待埃马诺满心欢喜地看着他们,吹起口哨来,是首古老的曲子。一对英国夫妇用餐刀和着节拍敲起了玻璃杯。卖水果的小贩用鼻腔模仿着低音管的音色。磨刀师傅用那清澈如水的嗓音,唱起了《五月》[①]。马蒂尔德时而微笑,时而落泪。巴勃罗用左手抓住她的手,右手揽住她的腰,两人跳起了一种类似慢版的华尔兹舞。磨刀师傅站上一把椅子高歌:

> 五月间,我坠入你怀中,
> 一簇簇鲜红的樱桃堆满枝丫,
> 清新的空气,拂过花园的微风,
> 百步外的玫瑰芳香溢满花园。
> 五月间,我永难忘却,
> 我们一起轻声哼唱的歌谣。
> 时光飞逝得越快,

---

① 《五月》(*Era de maggio*),一首以那不勒斯方言创作的爱情歌曲,由萨尔瓦多·迪·贾科莫(Salvatore Di Giacomo)于1885年创作的诗句改编而来。

那回忆就在我脑海里愈加清晰，
空气那样清新，歌谣如此甜蜜。

磨刀师傅向在座的客人、埃马诺，还有因为好奇而从自己店里走过来的鞋匠一一致意。大家都饶有兴致地打起节拍，加入他的合唱队伍。

他说：心儿啊，心儿啊！
我的心儿在离我远去，
你离我而去，我度日如年，
谁知道你什么时候能再回来？
我回答：我会再回来。
当那娇艳的玫瑰再次盛开，
如果那些花儿在五月盛放，
那我也将在五月回来。

露台上的孩子们向这里看过来，一位老妇人微笑着从一扇小窗里伸出头来，因为迎着阳光而眯起眼睛，想看得更清楚些。

"大家都在看着我们，巴勃罗。"

"我知道。"

"你不会游泳，但舞竟然跳得这么好。"

"我有一位无比出色的老师。"

"你从没和我提过嘛。"

"她的名字叫'幸福'。"

埃马诺笑着看向磨刀师傅，继续吹着口哨。卡普里岛的市政警卫摘下了白色的警帽，也开始和着歌曲摇动身体。

> 我回来了，就现在，我们像以前一样，
> 一起唱那古老的歌谣。

贾科莫神父从教堂里走了出来。他走近围栏，戴上了眼镜。

"我希望是一个像你一样的女孩，马蒂尔德。"

"我希望是一个像你一样的男孩，巴勃罗。"

磨刀师傅唱出一串纯朴又实在的拖音时，所有人相互示意，准备合力完成最后一个收音。

"准备谢幕咯，马蒂尔德。"

"我倒希望这支舞永远不要结束，聂鲁达先生。"

> 我和你说："心儿啊，心儿啊！

我的心儿我已回来。"

五月到了,爱情就来了:

和我一起做你想做的事吧!

五月到了,爱情就来了:

和我一起做你想做的事吧!

马蒂尔德把头靠在聂鲁达胸前,广场上响起了掌声。埃马诺走过来,递给马蒂尔德一个红白格子餐巾,用来擦去眼泪。

"大师,我虽然只是个饭店招待,但有些事情我能感觉得到。无论这是什么喜事,都请接受我的祝福。"

巴勃罗和马蒂尔德沿着卡普里岛的小巷散步。几乎两个小时,他们一句话也没说。两人手牵着手,时不时相视而笑。在特拉加拉路的尽头,出现了埃德温·切里奥英朗的身影。他挥舞着一封信迎上前来。

"早上好,聂鲁达。钱到了,您的版权费。"

"谢谢你,切里奥。好消息若是好过头,便和坏消息一样危险。我不知道我的心能不能承受得住。"

"亲爱的大师,您的心就是马蒂尔德,跳动得可强劲了。"

马蒂尔德回到家,穿过房间。多棒的阳光啊。她走上露台，望着大海，仿佛之前从未见过大海一样。

"巴勃罗，这宇宙苍穹如此厚待我们，可我们能给它的回报却如此微薄。"

"坐下吧，马蒂尔德，坐到我身边来。你准备好了吗？"

"是的。"

"你想嫁给我吗？"

"是的。"

"我知道，没错，我的确还没完成离婚手续，但我们依然可以结这个婚。"

"不，这怎么可以，巴勃罗。"

"可以。我们不需要市政厅，也不需要教堂。月亮可以给我们证婚。"

"什么，月亮？"

"5月3号那天是满月。月亮受到所有诗人的偏爱，她是伟大的母亲，应该很乐意为我们证婚。我可是认真的，怎么你觉得我疯了吗？"

"我觉得疯狂和真挚是孪生姐妹。"

"你答应了，马蒂尔德？"

"我答应你，巴勃罗。"

16

与我共舞

圣玛丽亚医院的病房里,还差两小时到零点。他和她的脑海里还萦绕着那首古老那不勒斯歌曲的旋律,令他们沉浸在同二十年前一样的温柔气氛中。聂鲁达睁开眼:"你知道吗,马蒂尔德。此刻我已经区分不出活着的和死去的人了,这两天都是这样。就在这床前,昨天下午我见到了阿连德,我向你保证,就是他。然后晚上,在前面这堵墙边,有个女人背朝着我,我觉得可能是我的母亲。就在今早,玛尔瓦·玛丽娜来了,我第一段婚姻中出生的孩子。她八岁就死了,我看见她的时光是那么短。可能是正常的,我们临死时就会与自己最亲近的人相遇。有人说这是一种神魂颠倒的表现，也有人说这是爱着我们的人的灵魂准备来迎接我们，来陪伴我们走过那个过程。此刻我看到的，我并不愿刺激你，说给你听只是因为我相信这是一件好事。那儿，在窗前，我看见一个很小的小女孩，看上去三岁的样子。她的眼睛和你的一样，她的头发和你的一般颜色。也许她就是我们曾经想要的女儿，那个在岛上来到我们身边，后来我们又失去了的女儿。她不信任这个世界，她不想降临到这里。她应该是决定留在宇宙之树的身旁。我能感觉到她灵魂的存在，尽管她并未出生。我非常感激你，马蒂尔德。我感觉到你做的一切努力，为了把我留在这里。我想起了卡洛·列维。有天下午，在罗马，他把我带到他的破工作室，要给我画肖像。我就待在那儿，坐在一张沙发椅上。他静静地画着，夜晚临近，慢慢地阳光退去了，整个房间笼上一层暗影。家具开始渐渐地染上黑色，我很怀疑卡洛怎么还能盯着我这张脸看。我开始想列维可能是只夜鸟，我确信他用自己的眼睛能把我照亮。你呢，现在别让你的眼睛太累了。"

"我等着，巴勃罗，如果我闭上眼睛，就仿佛回到了卡普里。"

"那我们就回去。在那儿，我的呼吸都会变得爽朗起来，那我也闭上眼睛。"

5月3号的上午到来了。

聂鲁达走进卡普里岛上一间老首饰师傅的店铺，取出他之前交代过、为马蒂尔德定做的戒指。她沿着一栋老房子的台阶上到二楼，这里的裁缝缝制了一件绿黑相间的礼服裙，上面有金色的绣花。她又做了最后的一次试穿，礼服裙已为婚礼之夜准备就绪。一整个白天，马蒂尔德都在准备香橙烤鸭、海鲜冷盘；用蓝色的盘子摆放醋渍沙丁鱼、盖塔黑橄榄①、三文鱼点心。聂鲁达用自己做的彩色纸花贴满家里的墙面。有壁炉的那面墙上贴着用彩色硬纸壳剪出的大大的字母，有黄色的、橙色的、红色的，内容是"马蒂尔德我爱你"，或者是"我爱你马蒂尔德"。狗狗尼翁跑啊、跳啊、叫啊。夜晚来临。整个房子因为屋里和阳台点起的蜡烛而烛光闪亮。

月亮升起，月光铺洒在乡野和海面。夜深了，周围静谧无声。聂鲁达握着马蒂尔德的一只手，她裹在长袍里，楚楚动人，仿佛被派来这世间，方使得"优雅"这一概念得以完善的可人儿。他们慢慢散着步，在离护栏一步远的地方停住脚步。巴勃罗似乎能够清楚地听到自己的，还有

---

① 盖塔黑橄榄（Olive di Gaeta），意大利最著名的橄榄品种之一，小型黑橄榄，盛产于坎帕尼亚大区。

这个他所渴望的女人的心跳。诗人颈部血管的跳动清晰可见。两人久久地仰望着月亮，很久。他兴奋地喃喃自语。

然后他又向前一步，对着明月缓缓地说起话来，仿佛这是件最简单而又自然的事情。

"你知道我们在这尘世间是不能结婚的，你知道我们的爱情是美好的。我们请你见证我们完婚，因为你是神圣的。因为这份神圣，我们将会永远珍惜这桩在你庇护下的天作之合。"

诗人从外套口袋里取出为马蒂尔德准备的戒指，把刻在金色内圈上的字念给她听："卡普里岛，1952 年 5 月 3 日，你的船长。"然后他托起马蒂尔德的手，温柔地把戒指戴在她的无名指上。她凝视他的眼睛，好似亲临一幅无边的美景以至于目光无法遍及。她在他的眼底探寻着每一刻都变换出的新的神奇。此刻他们在迷醉中拥吻，像是初吻的味道，又似有最后一吻的感觉，仿佛原点与终点融合交会，感觉彼此与这岛屿及环抱它的海融为了一体。他们在露台上起舞，没有音乐，巍然静立的树木和虔诚燃烧的蜡烛是他们的背景。

圣玛丽亚医院的病房里，离午夜还有一小时。马蒂尔德躺在聂鲁达的病床上，左额紧贴他的胸膛，他有力的手臂温柔地紧拥着她。

"这会儿别睁眼,马蒂尔德。我们接着舞吧。白葡萄酒如此甘醇,我还从来没有在没有音乐的情况下跳舞,这感觉棒极了。别离开我,我们接着舞。去客厅吧,我们来到客厅。和我一起舞,别停下来,就这样。再来到卧室,对,别停,亲爱的。把袍子脱掉,别停。我躺下来看你,为我接着舞吧。你美妙的身体就是个奇迹。来,躺在我身上,紧紧抱着我,吻我。你看窗外,马蒂尔德。黑夜已经过去,第一道光多美。"

病房门外有人敲门:"聂鲁达,巴勃罗·聂鲁达,请开门。"

马蒂尔德去开门,是一位老修女端着一个托盘,里面有两片药。马蒂尔德轻摇头表示不需要。然后她关上门,转动钥匙锁上。回来坐在床边,重新抱着聂鲁达,把她的左额贴在他的胸口。他继续低喃:"第一道光,第一道光,第一道光。"就这样,又过去了很长时间。忽然间,他的呼吸急促起来,一阵阵急喘引发了身体持续的震颤,导致诗人的身体以令人难以置信的柔软度蜷缩起来。然后,便不再动弹。"也许,他已经死了,"马蒂尔德想,"也许他还会像往常一样,恢复呼吸。"她试着用耳朵去听巴勃罗的心跳,这次她什么也听不到了。"那么这就是终点了。

多么简单，多么自然。"

她一直抱着他，几乎有一个小时。那一抱，在她后来想起的时候，始终觉得只不过持续了几秒钟而已。"他死了，我不能辜负他的希望，我要活下去，我还要战斗。"

从这一刻起对于马蒂尔德，时间已经偏离了它正常的轨道，有时数个小时一晃而过，有时一分一秒却那么漫长。她想象着这以后将会发生些什么。聂鲁达的躯体将被陈放在医院地下室尽头的一个冰冷而简陋的房间里。"应该给他穿上衣服，我要去找劳拉和特蕾莎帮忙。我应该订一个棺材，希望能找到一个不是黑色的——他不喜欢黑色。他说过，要浅色的木料，如果有可能，要让他们用些鲜亮的色彩在木料的孔洞上画些图案。我想带他回家。我想要朋友们到家里来向他告别，尽管这个'家'已经损毁不堪。何塞·米格尔告诉我，他们已把它洗劫一空。但不重要，我们依然要回那里去。"

马蒂尔德抱着这个她挚爱的男人，预想着一切将要发生的事情。但她没有想到，葬礼的那天，在灵柩前行的过程中，男人们、女人们，还有小孩都走出家门，加入到送行的队伍中，几十人、几百人，直到成千上万人。士兵手持机关枪押送诗人的遗体，此刻他们的出现以及他们携带的武器并没有让任何人感到畏惧。忽然间，有人发出一声高呼，激起众人豪迈的回应，一声又一声，连绵不止："巴勃罗·聂鲁达！此刻，永远！巴勃罗·聂鲁达！此刻，永远！"

"我们所爱的人，他们不会死。如果我们真心爱过，他们无法死去。明天开始我将只有孤单的我的躯体，当我意识不到的时候，我会朝一个不认识的孩子微笑，就像聂鲁达曾经做过的那样。我会将一颗葡萄放在双唇间，喂给一只来到黑岛、来我们窗前探访我们的乌鸦。我会去读一位我不认识的、却是聂鲁达所爱的众多诗人之一的诗句。当我感动时，聂鲁达可以用我的身体哭泣，在我的泪水中，在我的眼里。将有很多时刻，我会忘记他的身体不再与我在一起。我将会懂得我既是他，也是我自己。这也是巴勃罗希望的。除了我的自由，他从来没有要求过任何别的。我会自由的。我将会为智利的贫苦人而战，因为我爱过一位诗人，我爱他的精神。夜晚将很难熬，他不在的夜晚漫长而残酷。但我感受到的强烈的痛苦也告诉我，为了这个人活下去的信念也是如此强烈。我想要得到这个人，是因为他代表所有的人，包括那些恨他的人；我爱这个男人，是因为他的身体代表大地，代表大树，代表正义的温暖。我爱这个男人，因为他就是我。聂鲁达，他们把我们分开不会超过两米的距离。不会超过两米，我的船长。你我之间的东西有太多太多。

"或许有一天，一群来自旧金山大学的科学家，或者一位英国的化学家，能够证明灵魂真的不会死。也许我们会发现，我们各自的灵魂，会分泌出一些源自我们痛苦的物理粒子，存在于血液中。也许我们会发现，这些粒子是一些活跃的、独立的、智慧的、非常特别的物质，它们之间能够相互交流。也许我们会发现，我为巴勃罗所感受到的痛苦，或者巴勃罗为我所感受到的痛苦，会使我们身上被称为'灵魂'的部分失血。也许我们会明白，在这流出的、源于爱的血液中，产生了一些永生的小细胞。我们会发现彼此的这种无形的细胞，在某些人类目前还不掌握的自然法则的帮助下，能够相互吸引和相爱。也许我们会发现这些从我们灵魂的血液中分离出的微小分子，能够陪伴我们，给予我们力量与温暖，直到引领我们与逝去的人取得和解，此时他们离开了现实可见的空间，进入了不可见的空间继续存在着。也许我们会发现理解至此，有一天我们终会微笑，因为我们每个人都远不止是我们自己，因为每一份勇敢的爱都懂得跨越，越过我们曾见过的范围，越过我们曾触及的区域。"

此时，马蒂尔德并不真切地知道自己在哪里。她的意识告诉她，她正在医院的病房里抱着聂鲁达，而同时，她也正和他一起在卡普里岛。此时，在她的唇间的呼吸中酝酿着一个柔和的音符。她唱出了一个长音，极缓慢的节奏。这是一首秘密的曲子，完全为他而生，只为他而唱。她感到应该帮助他走向死亡，她觉得自己不应该绝望，她感到应该帮助他脱离自己的躯体。这是一首欢乐的挽歌，从马蒂尔德的双鬓与鼻子之间发出，经过聂鲁达的耳畔，到达他的灵魂，用欢乐将他环绕。她的左额靠在聂鲁达的胸上，听着他最后的一句话："看，马蒂尔德，阳光照在玻璃窗上，多美妙的色彩。到了该冲破它的时候了，我要过去，我要到那边去。你看那里多美，亲爱的。我要去见第一道光了。"

致　谢

致巴勃罗和马蒂尔德的纯粹。

致特蕾莎·奇里洛宝贵的学识。

致马里娜深邃透彻的蔚蓝。

致劳拉的睿智与活力。

致西西里鼠尾草的明慧。

致每每答疑解惑的罗洛。

致能启示本真的弗朗克·巴蒂亚托。

致弗朗克·罗贝蒂古希腊式的友谊。

致马尔科·贝塔具有感染力的乐观。

致曼弗雷迪·博尔塞利诺的智慧。

致詹温琴佐欢愉的城堡。

致加泰罗尼亚艳阳下的梦。

致圣阿加塔德高地的妙境。

致来自阿夸维瓦的奥古斯都的微笑。

致达孔托的珍藏的赤诚之心。

致与生俱来的闪亮的率真。

致塞拉梅扎纳的温顺的雄鹰——强尼。

致哈姆雷特和卡萨诺瓦。

致马尔科愉快的回忆。

致安东尼奥回忆的愉快。

致卢克雷齐娅的原生态。

致朱塞佩·曼纳约洛的友情。

致烙有智慧印记的卡洛。

致口吐珠玑的蒂塔。

致一只双头鹰和一只独角兽。

致一枚红黑色的银十字架。

致慷慨的保罗·唐纳贝拉。

致卡洛·波焦利和他美好的家人。

致菲乌梅弗雷多永在的灵魂。

致萝伯塔·维斯科的友情。

致拉玛里纳的图尔基一家。

致卡尔梅拉和露琪亚的研究。

致帕勒莫的主教。

致帕尔马公爵和公爵夫人。

致懂得屈服于爱的骄傲。

致永远的伊多里娜。